よしと童話集

沢登 佳人

目次

ゆなみと風の子の物語《ものがたり》

チリンチリンと軒端《のきば》の風鈴《ふうりん》を鳴らしながら、初夏の夕風が爽《さわ》やかに吹き入る窓辺《まどべ》にもたれて、ゆなみは果《は》てしない物思いに沈んで居りました。朗《ろう》々と空に昇《のぼ》った月の光が、沈み切ったゆなみの顔を、更《さら》に更《さら》に青白く照らしておりました。

「ああ。」嘆息《ためいき》をついてゆなみは呟《つぶや》くのでした。「お母さん、お母さんは何故《なぜ》私を置き去りにして逝《い》ってしまいになったのですか？」

お母さんの死んだのは、まだゆなみが西も東も知らぬ幼《おさな》い頃でしたけれど、その時の事だけは今もまざまざとゆなみの記憶に蘇《よみがえ》って来るのです。

お母さんは暗い陰気《いんき》な部屋の中の、真っ白な寝台の上に横たわっていました。薬の匂いが強く鼻を打ちました。お母さんは時々苦しげに咳《せき》こみましたが、その度《たび》にお母さんの桃色の頬《ほほ》は、一時にさっと血の気《け》が失《う》せて土色に変わりました。ゆなみは、お母さんが死ぬのではないかと心配で、その度《たび》にお母さんに取りすがって叫びました。

「死んではいやよ、お母さん。死んではいやよ、お母さん！」

けれどもお母さんは或《あ》る夕方、白い蒲団《ふとん》を喀《は》いた血で紅《くれない》に染めて、遠いお国へ旅立っておしまいになりました。


お父さんは間《ま》もなく、新しいお母様をお迎えになりました。前のお母さんにおとらず美しい方《かた》で、ゆなみを可愛がって下さいましたけれど、何かよそよそしく思われてなりませんでした。それでゆなみは、新しいお母さんの優しいお言葉にも、冷たい笑いを浮かべるだけで、天にも地にも独《ひと》りぼっちの淋しい子供になってしまいました。

春が去り夏が来、秋がめぐり、ゆなみは何時《いつ》しか十三の歳《とし》を迎えましたが、誰とも話をしない淋しい子にとって、楽しみは、夕辺《ゆうべ》の窓《まど》にお母さんの面影《おもかげ》を追いながら、果《は》てしない物思いにふける時だけでありました。

今もゆなみの頬には涙のあとが、一筋二筋月の光に輝いておりました。折しもさわさわと庭の木の葉を鳴らしながら、一陣の風が何とも言えないよい薫《かお》りを伴《ともな》って、室《へや》の中へ流れ込みました。

ゆなみがふと顔を上げた時、目に映ったものは、同じ窓の端にチョコンと腰かけてこちらを見ている、小さな妙な男の子でした。

その子の身の丈《たけ》はゆなみの半分もありません。黒い髪《かみ》の毛が房々《ふさふさ》と垂《た》れ、白い体《からだ》には一《いっ》糸《し》も纏《まと》っておりませんし、足には奇妙な青い羽根《はね》の生《は》えた靴をはいていました。眼玉はくるくるとして利口《りこう》そうでしたが、どことなく悪戯《いたずら》っ子らしい所もありました。

ゆなみは吃驚《びっくり》して、思わず尋《たず》ねました。

「あなたは一体どなたですの？　天使様ではありませんこと？」

途端にその子は躍《おど》り上がって笑いました。

「あハハハ……。ゆなみさんまで、僕を天使と間違えましたね。誰でも僕を見ると、きっとそうだと思うんです。でもそうじゃありませんよ。僕はね、僕の名前は『南風《みなみかぜ》』って言うんです。」

「まあ、」ゆなみは言いました。「あなたが南風さん。でもどうして私の名前を知ってらっしゃるんです？」

「僕は世界中を駆《か》け廻《まわ》ってるんです。北極の白熊の中にも、南極のペンギンの中にも、僕の友達はいるのです。凪《なぎ》で困っている帆船《はんせん》の帆《ほ》を押してやるのも、オランダの風車をからから廻《まわ》すのも、暑さに喘《あえ》ぐインドの人達に、涼《すず》しい風を送ってやるのも、みんな僕の仕《し》事《ごと》です。

でもたまには悪戯《いたずら》をすることもありますよ。北風は僕の兄弟だけれど、意地悪な奴《やつ》だから、しょっ中喧嘩《けんか》ばかりです。この間も、ゴビの砂漠で吹き較《くら》べをして、砂を捲《ま》き上げて龍巻《たつまき》をこしらえて遊んでいたら、運悪く隊商の駱駝《らくだ》をみんな埋めてしまったんです。そして家へ還《かえ》ったら、北風の奴《やつ》、僕が悪戯したんだと、お母さんに告げ口したので、え？　僕にだってお母さんはありますよ。僕、袋の中へ入れられて一晩中ほっとかれたんです。あんなひどい目にあったことはありませんよ。」

「まあ、あなたのお母さんてひどい方ね。」と、ゆなみは叫びました。

「そんなことありませんよ。いつもはとってもいいお母さんなんだけど、悪いことをするとそりゃひどいんです。その代わり、善い事をした時には、千里靴《ぐつ》を貸してくれるんです。千里靴ってのはね、一足で千里飛べる靴なんです。一足千里は時間より早いから、それをはけば過去の世界へも未来の世へも自由自在に行けるんです。

僕、昨日かもしかをねらっている獅子《しし》をみつけたから、かもしかの方へ風と一緒《いっしょ》に獅子の匂いを吹き送ってやったので、かもしかが気付いて逃げることが出来ました。それで、ね、ごらんなさい。青い靴をはいてるでしょう。これが千里靴です。

所《ところ》でゆなみさん、あなたはさっき泣いていらっしゃいましたね。一体何が悲しくてお泣きになるんです?」

聞かれるとゆなみは、又俄《またにわ》かに悲しくなりました。それではらはらと涙を流して申しました。

「だって私にはお母様がないんですもの。」

「え？　お母様が？」風の子は目をパチクリさせて言いました。

「でもあなたには、とっても綺麗《きれい》なお母様がいらっしゃった筈《はず》だがなあ。」

「ああ、あれは本当《ほんとう》のお母様じゃありませんわ。ゆなみの本当のお母さんは、ずっとずっと前に死んでしまったんです。」

「フーン。」風の子は小さな腕を組みました。

「ひょっとしたらあなたのお母さんは、耳たぶに大きなほくろがおありではありませんか？」

「まあ、どうして御存知《ごぞんじ》ですの？」ゆなみが驚《おどろ》くと風の子は言いました。

「しめた、しめた。僕はあなたのお母さんを見た事があります。ずっと遠い南の島の海辺《べ》で、あなたのお母さんは貝を拾っていらっしゃいました。真っ白な砂の上には、赤や青や緑や紫の、色とりどりの貝殻《かいがら》がちらばっていたし、真珠《しんじゅ》なんかもゴロゴロしていて、おとものの女の人たちは、大きな見事なのを選んでいっぱい拾い集めていたけれど、あなたのお母さんは、桜色の桜貝を、一枚拾っては又新しいのが見つかると、前のを捨ててそれを拾い、そんな事を何度も繰《く》り返していらっしゃいました。そうそう、一つとっても綺麗な小さなのを見つけた時は、それに唇を当てて、『ゆなみちゃん』とおっしゃいましたよ。」

目をつむりながら、南風の話を聞いていたゆなみは、もうどうしてもお母様に会いたくてたまらなくなりました。それで思い切って南風に頼みました。

「ねえ、南風さん、後生《ごしょう》だから私をお母さんの所へ伴《つ》れて行って。」

「困ったなあ。」南風は黒髪《くろかみ》をくしゃくしゃともみながら答えました。

「そんなことをすると、僕《ぼく》、又お母さんに叱られて酷い目にあいますもの。」

「でもあなたにはお母様がおありになるからいいわ。私にはお母さんがないんだもの。」

そうすがりつかれると、南風はゆなみが可哀《かあい》そうでたまらなくなりました。それにこれは別段《べつだん》悪い事ではないし、そうだ却《かえ》ってお母さんに褒《ほ》められるかも知れない。そう考えると南風は、元気よくゆなみに言いました。

「伴れてって上げましょう。私の肩におつかまりなさい。」

「まあ、嬉しい。」

ゆなみはとび立つ思いで、でも南風の小さな肩を少し危《あや》ぶみながら、しっかりとつかみました。

「では出かけますよ。速いから驚いちゃ駄目《だめ》ですよ。」

庭の木立がゴーーッと鳴り、町の灯《ひ》が花火のように飛びました。次の瞬間にはゆなみと風の子は、既《すで》に月光に輝く海上を、物凄《ものすご》い速さで南へ飛んでおりました。

やがて水平線に仄《ほの》かな赤みがさし初《そ》めたと見るまに、夜の女王月の光は、みるみる亡霊のように消え失せて、遙かにかすむ水と天とを、人魚の血のように紅《くれない》に染めながら、大きな朝日はするすると昇《のぼ》って参《まい》りました。

「ゆなみさん、朝です。お日様を拝《おが》んでゆきましょう。」

そう言って南風が走るのをやめた時、東の方から、何千という白鳥《はくちょう》の群《むれ》が羽搏《はばた》きも高く飛んで参りましたが、その先頭に立つ、見るからに美しい若い白鳥は、すれ違いながらに声をかけました。

「南風さん、何処《どこ》へゆくの？」

「過去《かこ》の島さ。」

答えると同時に南風は、再《ふたた》び全速力で走り出しました。

「ねえ、ゆなみさん、あの白鳥は僕の許婚《いいなずけ》なんです。綺麗《きれい》でしょう。」

「ええ本当に。」

でもゆなみは、南風の言葉を半分も聞いてはいなかったのです。何故《なぜ》と言って、お母さんのいる過去の島の、一本高い椰子《やし》の木が、もう目の下に近付いていたからです。

過去の島、それは夢のように美しい島でした。濃緑の椰子の樹《き》におおわれて、白い砂浜には真青《まっさお》な波が、雪のような波頭《なみがしら》を立てながら、とぷりとぷりと打ち寄せておりました。

島の裏側には輝くばかり美しい宮殿が聳《そび》えておりました。宮殿の屋根は黄金《おうごん》でした。柱は赤い珊瑚《さんご》でした。中庭に面した紫水晶《むらさきずいしょう》の窓にもたれて、物思いに沈んでいる女の人がおりました。

「お母さん!」見るよりゆなみは駆けよりました。「お母さん!」

女の人は顔を向けました。二人の眼が合いました。

「おお、」お母さんの唇《くちびる》から此《こ》の声が漏《も》れた時、ゆなみは何もわからなくなってしまいました。


気がつくとゆなみは、小さな部屋のしゝゝこ貝の寝床の中で寝ていました。

お母様はゆなみの額を静かに撫《な》でながらおっしゃいました。

「よく来てくれましたね。」

「ええ、お母様、ゆなみはどんなにお母様に会いたかったか。これからはいつまでも一緒に暮らしましょうね。」

でもお母様は、静かに首をおふりになりました。

「いけません。あなたはこれからすぐ元のおうちへ帰らなくてはいけません。こゝは生きている人の棲《す》む所ではありません。」

「まあ！」ゆなみは言いました。「私は帰りたくありません。家へ帰るとまた独りぼっちですもの。」

「でも代わりのお母様がいらっしゃるでしょう？」

「でもあの方《かた》は、少しもゆなみを可愛がって下さらないのですもの。」

「そう思うの？　ではお母さんの言う事を静かにお聞きなさいね。」

そう言ってからお母様はぽつりぽつりと話し出しました。


「お母さんは此処《ここ》へ来てから、一日も心の安まった時がありません。何故《なぜ》でしょう？可愛いお前が、あの世で独りぼっちの淋しい子供になってしまったからです。

あなたは新しいお母様が、少しもあなたを可愛がって下さらないと言うけれど、それはあなたのひがみです。あなたが、その人を私と思って愛するならば、その方もあなたを本当の子供と思って可愛がって下さいます。

あなたがそういう風になり、明るい元気な子になりさえすれば、私はいつも幸福なのです。何故《なぜ》ならその時、私は代わりのお母様と一緒に居《い》るからです。反対にあなたがいつまでも独りぼっちでいるならば、私はあなたの側《そば》にいることが出来ないで、この窓辺であなたの事を思っているよりほか仕方《しかた》がないのです。ね、よくわかったでしょう。さあすぐこれからお帰りなさい。そして明るい子供になって下さい。」

「わかりましたわ、お母さん。ゆなみはすぐ帰ります。そしていつでもお母さんと一緒に居れるような子になります。」

そう言ってゆなみは起き上がりました。

風の子は窓の下で待っていてくれました。

「さようなら。」「さようなら！」

母子に別れを惜しませるために、南風は出来るだけゆっくりと走りましたが、海へ出ると、又物凄い速さで走り出しました。

ゆなみが帰り着いたのは同じ日の夕方でした。

「やれやれ。すっかり疲れてしまいましたよ。少し休ませて下さいね。」

南風は窓に腰を下ろしておりましたが、やがて、

「ゆなみさん、ではお別れします。けれど私はこれからも、しょっ中ここへやって来ますよ。そうです、この風鈴が鳴った時は、私が此処《ここ》へ来ているのだと思って下さい。」

そう言い置いてフッと表へ飛び出してしまいました。

ゆなみが窓へ近付《づ》いてみると、風の子の去ったあとには、ひとひらふたひら、白い芙蓉《ふよう》のはなびらがこぼれて居りました。


「ゆなみさん、ゆなみさん。」

誰かに呼ばれてゆなみははっと目を醒《さ》ましました。

「よくお眠りでしたね。風邪《かぜ》をひきますすよ。」

ゆなみの肩に手をかけて、美しいお母様が笑っておいでになりました。

「ああ今のは夢だったのかしら？

ねえ、お母様、今ゆなみは死んだお母様の夢を見てたのよ。」

「そう、」とお母様は淋しそうな顔をなさいました。

「でも死んだお母様に叱られたの。今迄は本当に御免《めん》なさいね。これからはお母様は本当のお母様よ。大事な大事なお母様よ。」

「ゆなみさん！」

折しもそよそよと吹き入る南風にさそわれて、軒端の風鈴がチリンチリンと鳴りました。


岐阜県岐阜中学校（旧制）在学中、昭和一八年（一九四三年）に制作。戦災で焼失後、敗戦（一九四五年）で軍から帰り、翌年第八高等学校（旧制）を受験するまでの間に、改めて書き直した。

ポンペイの少女《しょうじょ》

昔《むかし》、ベスビアス火山《かざん》が大爆発《ばくはつ》を起こして、ポンペイの町《まち》がすっかり火山灰《ばい》の下に埋《う》ずもれてしまったことがありました。

ここに一人のポンペイの少女がおりましたが、幸《こう》か不幸《ふこう》か大爆発の際《さい》に他《ほか》の町へ出《で》かけていましたために、辛《から》くも一命《いちめい》を拾《ひろ》ったのであります。しかしながら彼女《かのじょ》の父母兄弟は、悉《ことごと》く灰《はい》の下《した》に埋《う》もれて、残酷《ざんこく》な死《し》の手《て》に抱《いだ》かれてしまったのでありました。

彼女は声《こえ》をあげて泣《な》きながら、三日三晩《みっかみばん》廃墟《はいきょ》の中《なか》を歩《ある》きまわりました。天《てん》を仰《あお》いでは神《かみ》を呪詛《じゅそ》するその声は、遂《つい》に八重《やえ》の天雲《あまぐも》を越《こ》えて、不滅《ふめつ》の大空《おおぞら》の都《みやこ》に住《す》むミネルヴァの神の耳《みみ》に達《たっ》しました。女神《めがみ》は彼女を憐《あわ》れとは思いましたが、既《すで》に此《こ》の世《よ》のものでない人《ひと》を再《ふたた》び人の世の人とすることは、全能《ぜんのう》の神にすら不可能《ふかのう》なことでありました。

遂《つい》に少女は泣《な》き疲《つか》れて、一夜《いちや》冷《つめ》たい灰の上《うえ》に、悲《かな》しい夢《ゆめ》を結《むす》んだのであります。

この時《とき》ミネルヴァの神は彼女の夢《ゆめ》の中に現《あらわ》れて、次のように告げました。

「乙女《おとめ》よ、嘆《なげ》くなかれ。汝《なんじ》の心《こころ》を憐れみ愛《め》でて、汝の父母兄弟に再《ふたた》び会《あ》わせてつかわそう。」

「おお、神様《さま》、神様！　有難《ありがと》うございます。」と彼女は叫《さけ》びました。

「しかしながら」とミネルヴァの神は厳《おごそ》かに続《つづ》けました。

「それには一つの条件《じょうけん》がある。ベスビアスの山麓《さんろく》にある我《わ》が神殿《しんでん》を、再び白日《はくじつ》の下に掘《ほ》り出《だ》してくれるまでは、会わせてやることはできないのだ。」

「おお神様！　如何《いか》なるつらい仕事《しごと》でありましょうとも、たとえ一〇年《ねん》かかりましょうとも、二〇年かかりましょうとも、父母兄弟に会えさえ致《いた》しますならば、決《けっ》していといは致しませぬ。」

彼女は額《ひたい》で地《ち》を打《う》って、固《かた》く固くミネルヴァの神に誓《ちか》ったのでございます。

翌日《よくじつ》から彼女は、か細《ぼそ》い腕《うで》につるはしを抱《かか》えて、ミネルヴァ神殿の発掘《はっくつ》を始《はじ》めました。雨《あめ》の日《ひ》も風《かぜ》の日も雪《ゆき》の日も、焦《こ》げつくような夏《なつ》の日にも、父母兄弟に会わん一心《いっしん》から、彼女の必死《ひっし》の労苦《ろうく》は続《つづ》けられて行きました。

雪のように白《しろ》かった彼女の肌《はだ》は、いつしか日《ひ》に焦げて小麦色《こむぎいろ》に変《か》わりました。柳《やなぎ》のように細《ほそ》かった彼女の体《からだ》は、男《おとこ》のように頑丈《がんじょう》になりました。糸《いと》のようであったその腕《うで》は、いつの間《ま》にかラオコーンの如《ごと》きたくましさに変わりました。

しかしながら神殿の発掘《はっくつ》は、蝸牛《かたつむり》の歩《あゆ》みよりなお遅々《ちち》として進みませんでした。一〇年、二〇年、月日は矢《や》のように流《なが》れて行きました。

彼女の額《ひたい》には、いつしか深《ふか》い澁《しわ》が刻《きざ》まれるようになりました。その澁の増《ま》すにつれ、深まり行くにつれて、神殿は次第《しだい》にその姿《すがた》を、南国《なんごく》の烈日《れつじつ》の下に現してまいりました。まず屋根《やね》が、続いて柱《はしら》が。そのたびに彼女は歓喜《かんき》の涙《なみだ》にくれながら、父母の名《な》、兄弟の名、そして神の名を唱《とな》えました。

柱は一本一本《いっぽんいっぽん》征服《せいふく》されて行きました。だがそれにつれて彼女の齢《よわい》はまさり行《ゆ》き、彼女の力《ちから》は衰《おとろ》えて行《い》きました。

余《あま》すところは僅《わず》かに一本《いっぽん》になりました。しかしその時、多年《たねん》の労苦《ろうく》に蝕《むしば》まれた彼女の肉体《にくたい》は、遂に病魔《びょうま》の犯《おか》す所《ところ》となったのであります。

しかし彼女は依然《いぜん》として発掘をやめませんでした。毎日《まいにち》、一塊《ひとかたまり》ずつの岩《いわ》が取《と》り除《のぞ》かれるにすぎませんでした。一分間働《いっぷんかんはたら》いては一時間休《いちじかんやす》み、二分《にふん》働いては二時間休むような、苦《くる》しい作業《さぎょう》が続《つづ》けられました。

病回復《やまいかいふく》の望《のぞ》みは全《まった》く絶《た》えました。高熱《こうねつ》にひからび骨《ほね》と皮《かわ》に瘠《や》せ衰《おと》えた彼女の肉体を動《うご》かすものは、父母兄弟を慕《した》う熱烈《ねつれつ》な情《じょう》と、神ミネルヴァに対する強烈《きょうれつ》な責任感《せきにんかん》のみでありました。

或《あ》る夏の日の午後《ごご》、遂に彼女の労苦の報《むく》いられる時がまいりました。彼女が必死の思《おも》いをこめて打《う》ち下《おろ》したつるはしの下に、最後まで頑強に円柱《えんちゅう》にこびりついていた岩塊《がんかい》は、轟《ごう》然《ぜん》たる音《おと》を立《た》てて崩《くず》れ落《お》ちました。

その音響《おんきょう》と砂煙《すなけむり》の中に、彼女は義務を果《はた》した満足《まんぞく》の微笑《びしょう》に包《つつ》まれて、永遠《えいえん》の眠《ねむ》りに入《はい》りました。

しかしミネルヴァの神の言葉《ことば》は、決《けっ》して嘘《うそ》ではありませんでした。間《ま》もなく重《おも》い肉体の枷《かせ》を脱《だっ》した清《きよ》らかな魂《たましい》は、神の慈悲《じひ》に包まれた不滅《ふめつ》の天国《てんごく》において、多年恋《こ》い慕った父母兄弟の魂と相擁《あいよう》して、熱い涙《なみだ》にくれたのであります。

昭和二一年（一九四六年）六月頃作る

玉《たま》と鶯《うぐいす》、奇《く》しき恋愛《れんあい》の物語《ものがたり》

ある浜辺《べ》の老いた梅《うめ》の木の下に、一つの玉が転《ころ》がっていた。紅玉《ルビー》という世にも尊い玉ではあったけれど、誰《たれ》ひとりその価値《かち》を知る者はなかった。しかし玉はひそかに、大きな望みを抱《いだ》いていた。

「私はいまに見出《みいだ》されて、王女様の婚礼の首飾りになるのだ。」と。

春が来、夏が去り、秋がめぐり、玉の儚《はかな》い望みを載《の》せて星霜《せいそう》は流れた。

ある年の春、深山《みやま》から里《さと》に出て来た若い鶯が、とある海辺《うみべ》の梅の木の梢《こずえ》で、声を限りに歌を唱っていた。彼の声の好《よ》さは、鶯仲間《なかま》でも評判であったが、彼はその時、自分の歌を誰も聴いてはいないつもりだった。

鶯がふと声を止《と》めた時、

「まあ、何という美しい声だろう。浜辺の美しい娘たちの声も、夏のこほろぎも、秋の鈴虫も、いや話に聞く迦陵頻伽《かりょうびんが》（極楽浄土にすみ、美しい顔と声をもつという鳥）の声だって、こんなに美しくはないに違いない。」

と、下の方で誰かの呟《つぶや》きが聞こえた。

びっくりして鶯が、声のした方を見ると、梅の木の根方に、見たこともない美しい紅色の玉が笑っていた。鶯は跳《と》び上がって驚いた。

「何という美しい玉だ！　夕映《ゆうば》えの精《せい》だ、朝焼けの精だ！　百万の花の粋《すい》をしぼって、世界一の染物師が染め上げた、虹《にじ》の女神の衣裳《いしょう》だって、この玉ほど美しくはないに相違《そうい》ない。」

「まあ、あなたは巧《うま》いことをおっしゃるのね。あなたの声こそ素晴《すば》らしくてよ。これからお友だちになりましょう。」と玉は言った。

見れば見るほど美しい玉であった。世の中を知らない若い鶯は、思い切って玉に結婚を申しこんだ。玉は笑って承知した。鶯はすっかり有頂天《うちょうてん》になって、玉を喜ばせたい一心《いっしん》から、朝から晩まで梅の枝で囀《さえず》った。

さあその声は評判《ひょうばん》になった。漁夫《りょうし》たちは暇《ひま》になるとは、舟を梅の木の前に浮かべて、陶《とう》然《ぜん》として鶯の声に酔《よ》った。はるばる遠い都から、鶯の声を聴きに来る者もあった。梅の木のあたりには茶店まで開かれた。けれども鶯の眼中《がんちゅう》には、ただ最愛の玉のみがあった。

ある日鶯が餌を求めて、暫《しばら》く梅の木を離れていた時、王宮からわざわざ鶯を聴きに来た貴婦人たちが、梅の根方に素晴《すば》らしい玉を発見《はっけん》した。

「まあ、素晴らしい玉だこと。」

「そうそう。この玉を王女様の婚礼のお祝いに差し上げたら、さぞかしお喜びになり、私たちも面目《めんぼく》を施《ほどこ》すことでしょうね。」

そこで一人が玉に尋ねた。

「玉さん、私たちと一緒《いっしょ》においでになりませんか。そうすれば、あなたは宝石磨きの手にかかって、今の二〇倍も美しく磨き上げられ、その上お姫様のご寵愛《ちょうあい》を受けて、栄耀栄《えようえい》華《が》を極《きわ》めることができますよ。」

それからみんなして代わるがわる、宮廷の素晴らしさを物語った。

玉はすっかり迷ってしまった。鶯を捨てようか、こちらを取ろうか。遂に玉は決心した。私は鶯のお嫁さんになるには、余りにも美しすぎる。第一、あの鶯は身分が卑《いや》しいから、私の夫《おっと》とするには恥《は》ずかしい、と。

で、玉は宮廷に行くことを承諾した。

暫《しばら》くして鶯は、梅の木に帰って来て、再び声を限りに唱うのであった。唱い疲れて下を眺めた時、鶯はどんなにびっくりしたことか！　玉がいない、大事な玉がいない！　鶯は狂気のようにあたりを飛びまわった。

村はずれの茶店《ちゃみせ》に、鶯餅《もち》を売っているお爺さんがあった。鶯はそこへ飛んで行って、玉を知らないかと尋ねた。お爺さんは答えた。

「先刻《こく》、王宮から来た貴婦人たちが、伴《つ》れて行ってしまったよ。間《ま》もなく首飾りに作られて、お姫様の首に飾られるだろう。」

「ほんとうですか⁉」と鶯は叫んだ。

「ほんとうだとも。けれど鶯よ。嘆くな、世の中に女ほど虚栄に富んだ愚か者はない。だまされたのはお前だけではないよ。世の中の男は多かれ少なかれ、女にだまされているのだ。もう玉のことはきっぱり忘れて、身分相応《そうおう》に、若い女鶯でも探《さが》しなさい。」

けれど鶯はお爺さんの言葉に耳を貸してはいなかった。彼の眼は血走《ちばし》り、体《からだ》はがたがた震《ふる》え、夢中になって、地団駄《じだんだ》を踏んだ。

鶯は矢《や》のように飛んで王宮に到《いた》った。

ちょうど五、六人の貴婦人たちが、ぞろぞろと門を出て来るところであった。鶯は早速《さっそく》彼女らに尋ねた。

「あなた方は、赤い美しい玉をご存知《ぞんじ》ではありませんか？」

すると一人の貴婦人が、冷《つめ》たい笑《え》みを浮かべて言った。

「あなたがお馬鹿《ばか》さんの鶩なのね。玉がもしあなたに会ったら、こう伝えてくれと申しましたよ。『私はもとからお前さんなんぞ、好きでも何でもなかったが、ただ何となく淋しかったので、お前さんの言いなりに婚約したのだ。今ではもう身分が違う。お前さんはおとなしく、どこかの田舎《いなか》の鶩娘《むすめ》とでも一緒におなりなさい。』と。」

鶩は目の前が真っ暗になるのを感じた。


ああ、可哀《かあい》そうな鶩よ。彼は玉に見捨《みす》てられ、とうとう箸《はし》にも棒《ぼう》にもかからない悪党《あくとう》鶩に落《お》ちぶれてしまった。弱い子供鶩や女鶩を見かけると、彼は夢中《むちゅう》になっていじめるのだった。誰も若い鶩を相手《あいて》にする者《もの》はなかった。

しかしただ一羽《わ》、彼を見捨てぬ友だち鶩がいた。彼は若い鶩の結婚には、初《はじ》めから不賛《ふさん》成《せい》だった。彼は嘆息《たんそく》して言った。

「だから言わないことじゃない。身分不相応な結婚からは、ろくな結果は生まれやしない。」

一方玉は磨かれて、真珠《しんじゅ》や翡翠《ひすい》やエメラルドと一緒に繋《つな》がれて、ビロードの褥《しとね》の上に寝《ね》かされて、うやうやしくお姫様に献上《けんじょう》された。お姫様はその玉を首に懸《か》けて、ある王子様《おうじ》と結婚した。

玉はたちまち評判になった。抜《ぬ》け目《め》のない貴婦人たちは、お姫様の前でこう言った。

「ほんとうに美しい玉でございます。お姫様のお美しいお姿《すがた》が、ひとしお引き立ちますことでございます。」

でも蔭《かげ》ではこう言うのだった。

「あまり綺麗《きれい》なお姫様ではないわね。玉がもったいない。」

そんな噂《うわさ》を聞くとき、玉はどんなに得意《とくい》だったことだろう。鶯のことなど、もはや玉の心にはなかった。

如何《いか》なる宴席《えんせき》の如何に着飾った貴婦人の衣裳にも、この玉ほど見事《みごと》な宝石《ほうせき》は遂《つい》に見当《あ》たらなかった。玉にかかりきりの侍女《じじょ》は六人もいた。この人たちは、もし玉に針《はり》の頭《あたま》ほどの瑕《きず》をつけたとしても、たちどころに首《くび》が飛《と》んだに違《ちが》いない。

玉は幸福であった。あまりにも幸福であった。

しかし、いつまでこのような幸《しあわ》せが続くものではない。

ある時、奥山の獵人《かりうど》が、谷のせせらぎの中に、一つの青い美しい玉を見つけた。彼は早速これを王宮に献じた。

それは青玉《サファイア》と呼ばれるもので、美しいには違いがなかったけれど、決《けっ》して紅玉《ルビー》にまさるものではなかった。

けれども紅玉《ルビー》は、あまりにも人の眼に触れすぎていた。人々はその美しさに馴《な》れてしまって、新しく登場した青い玉の方が美しいとお姫様に言った。お姫様も遂にその気になった。

次《つぎ》の饗宴《きょうえん》に姿を現したお姫様の首には、紅玉《ルビー》に代わって新しい青い玉が輝いていた。人々は再び新《あら》たな情熱をもって、この新しい玉を褒《ほ》めそやした。

赤い玉はすっかり人々から忘れ去られ、お姫様の部屋《へや》の箪笥《たんす》の上に、宝石箱に入れられたまま、埃《ほこり》に埋ずもれた。

玉は後悔《こうかい》した。故郷《こきょう》の海辺と梅の木と、そして若い鶯の美しい歌声とが、まざまざと蘇《よみがえ》って来るのであった。殊《こと》にあの鶯は今どうしているのであろう。何とも言いようのない慚愧《ざんき》の念に、玉は真っ暗《くら》な宝石箱の中で悶《もだ》えるばかりであった。

ある日、新米《しんまい》の侍女が、お姫様のお部屋を掃除《そうじ》中、きたならしい箱を見つけた。

「何てきたならしい箱だろう。捨ててしまいましょう。」

こう呟《つぶや》いて彼女は窓から庭へ箱を投げ捨てた。途端《とたん》に蓋《ふた》が開いて、玉はころころと転げ出し、お庭の隅《すみ》の梅の木の下の草むらに転げ込《こ》んだ。

「おやおや。」と草むらの蟻《あり》が言った。

「これはこの間《あいだ》まで、お姫様に可愛がられていた玉じゃあないか。変《か》われば変わるものだなあ。」

ある春の日、若い鶯（今ではもう若くはない。天下に名立《なだ》たる悪党《あくとう》鶯だったが）の友だちである鶯は、王宮に飛んで行って楽しい春の一日を唱いくらした。

彼がお庭の片隅《かたすみ》の世にも美しい梅の木に飛んで来ると、ふと赤い綺麗な玉が目に映った。

「おや、これはあの玉だ。可哀そうな鶯が恨《うら》み暮らしているあの玉だ。」と彼は叫んだ。憎《にく》しげに彼は、玉の上へ糞《ふん》をかけようとした。すると憐れな玉は言った。

「鶯さん、後生《ごしょう》です。あの鶯にあやまってください。私は今ではすっかり後悔しています。お願いします。私の罪《つみ》を許《ゆる》してくれるように頼んでください。」

「フン。」と、友だち鶯は嘲笑《あざわら》った。

「世の中にお前さんほど身勝手《みがって》な女はないよ。得意《とくい》の時には心美しい鷺を、てんで相手にもしなかったくせに、落ちぶれると早速『あやまってくれ』だと。虫のいいことをお言いでない。」

けれど玉は、一生懸命《いっしょうけんめい》に頼《たの》んだ。遂に友だち鷺の頑固《がんこ》な心も緩《ゆる》んで来た。彼は言った。

「もしあなたが、ほんとうに後悔しているしるしを見せてくれるなら、私がきっと取りなしてあげましょう。」

玉は喜んだ。しかし、どうして後悔のしるしを現すことができようか?

　玉の美しさは人間には忘れ去られたけれど、王宮の庭に棲《す》む生きとし生きるもの、蟻もみみずも蛙《かえる》も鮒《ふな》も蝸牛《かたつむり》も、バッタもこほろぎも、否《いな》、花の蕾《つぼみ》の中に住む妖精《ようせい》たちも、玉の美しさを褒《ほ》め頌《たた》えた。

けれども玉は閉口《へいこう》した。目も口《くち》もないみみずが、ぞろぞろ這《は》い寄《よ》って来ては、べたべたする体をすりつけて玉を讃美《さんび》した。彼には目がなかったけれど、体の触覚《しょっかく》で美しさがわかるのであった。

「みみずさん、やめてください！」といつも玉は叫んだ。

さて、玉は何とかして鶯に会ってあやまりたいと思ったので、ある日妖精の王にわけを話した。

「私は鶯に会ってあやまりたいけれど、歩くことができません。恐《おそ》れ入《い》りますが、私をあの海辺へ伴《つ》れて行ってくださいませんかしら。」

すると妖精の王は意地《いじ》悪く笑って、こう言った。

「伴れてってやらぬこともないが、それには一つ条件がある。今度《こんど》私の娘が、隣《となり》の国の王宮の庭に住む妖精の王子と結婚するのだが、その婚礼の晴着《はれぎ》を染《そ》めるのに、あなたの体《からだ》の綺麗な色をいただきたい。この望みを叶《かな》えてくれたら、私はきっと、あなたを鶯のところへ伴れて行ってあげよう。」

「お願いしますわ。どうぞ私の体の色をお取りくださいな。」

玉はこうすることによって、後悔のしるしになるだろうと思った。

その夜、庭のとある薔薇《ばら》の木蔭《こかげ》に、大勢《おおぜい》の妖精が集《あつ》まって、火を焚《た》いた。続いて一匹の大きな蝸牛《かたつむり》が殺されて殻《から》を剥《は》がれ、それに水が入《い》れられて火の上に架《か》けられた。

「よろしいか？　この中へ這入《はい》っていただきますよ。熱くても我慢《がまん》しなさいよ。」

こう言って妖精の王は、玉を蝸牛の殻の中へ投《な》げ込んだ。

殺したての蝦蟇《がま》の油《あぶら》がどんどんどんどん注《そそ》ぎかけられて、火は炎《えん》々と燃え上がった。そのまわりを妖精たちは、手を繋《つな》いで輪《わ》になって、奇妙《きみょう》な歌を唱いながら踊《おど》り廻《まわ》った。

煮《に》えろ煮えろ　釜《かま》の水
燃《も》えろ燃えろ　蝦蟇の油
蝸牛の殻に罅《ひび》の入るまで

何という恐《おそ》ろしい熱さだろう！　一時間、二時間、沸《わ》き返《かえ》る湯《ゆ》の中で玉は転げまわった。そしてやっと湯の中から引き出された時には、彼女の体の美しい色は、殻の中の湯にすっかり奪《うば》い取られていた。妖精の王女の衣裳《いしょう》はその湯で美しく染《そ》め上げられた。

色醒《いろざ》めた玉は、しかし約束どおり海辺へ伴れて行かれた。懐《なつ》かしい海辺であった。鶯たちの声が天地に轟《とどろ》き、薫《くん》々たる梅の香りが大気に満ち満ちていた。

玉はすぐさまあの鶯を見つけた。妖精の王は早速《さっそく》彼女をその木の下に伴れて行った。

「鶯さん、お願いです。どうか私を許してください。」

玉が声をかけると鶯は、怒《いか》りにぶるぶる震《ふる》えながら叫んだ。

「何を言うんだ。悪党女め！『私はもともとお前なんぞちょっとも愛していなかったんだよ。』とは誰の科白《せりふ》だ。今こそ俺《おれ》はお前にはっきり言ってやる。私は今ではお前さんなんぞ、哀《あわ》れむ気持ちは全《まった》くないんだよ！」

そう言い捨てて彼は、彼方《かなた》の梅の木に飛んで行って大きな声で唱った。

愛を忘れし　赤玉よ。
罪は汝《なれ》より出《い》でにしが、
再び汝に還《かえ》りけり。
色こそ褪《あ》せしかんばせに
無限《むげん》の悔《く》いを嘆《なげ》くとも、
行きて空《むな》しき古《いにし》えの
恋《こい》の清水《しみず》は涸《か》れにけり。

恋の真清水《ましみず》汲《く》む者は
真心《まごころ》強く持てよかし。
花かと紛《まご》う乙女子《おとめご》の
打ち振る袖《そで》は長くとも、

甲斐《かい》ぞなからむ、世の塵《ちり》に
まみれて浅き真心の
やがては褪せむものならば。

可哀そうな赤玉よ！　玉は遂に鶯の許しを得ることができなかった。妖精の王に慰《なぐさ》められて、玉はしおしおと王宮の梅の木の下に帰った。

それから幾年の歳月が流れたことであろう。ふとしたことから、あの鶯は病気になった。彼は寿命《じゅみょう》の尽《つ》きようとしているのを知った。そこでただ一人の友だち鶯を呼んで言った。
「僕はもう駄目らしい。」
「僕もそう思う。」と友だち鶯は答えた。鶯は人間と違って、どんな場合《ばあい》にも嘘《うそ》をつくことができないのである。

「最期《さいご》に一つ君《きみ》に頼みがある。」と友だち鶯は続けた。

「どうだろう、あの赤玉を許してやってはくれないだろうか。あの玉も今ではあんなに後悔している。許さずに死んでは、後生《ごしょう》が悪かろう。」

「鶯に後生はないよ。死んだら土に帰るだけだ。」と、病気の鶯は淋しく笑った。

「しかし、もう許してやっても好《よ》さそうだ。」

かくて二羽の鶯は、飛び立って王宮の庭に向かった。が、鶯の病《やま》いは既《すで》に篤《あつ》かった。あの梅の木に行き着くと同時に、鶯は息絶《いきた》えて玉の傍《かたわ》らの草むらの中に落ちた。

かくして玉は、遂に、鶯の「許してやる」という一言《ひとこと》を聞かなかった。

この間、私が王宮に行った時、玉と鶯は仲好《なかよ》く並んで横たわっていた。薫々たる春風に誘《さそ》われて、真っ白な梅のはなびらが、ひとひらふたひら二人の上に散っていた。

昭和一八年（一九四三年）制作。戦災で原稿焼失後、軍から帰った後に想い出して書き直した。

飛行の術《じゅつ》

昔中国の邯鄲《かんたん》に、一人の怠け者が住んでおりました。毎日家の中でごろごろしながら、彼は始終途方もないことばかり考えておりました。例えば欲しい物が何でも出て来る打ち出の小槌《こづち》だの、取っても取っても後《あと》から後から金貨が生る《な》金《かね》の生る木だの、人魚に連れられて龍宮城へ行くことだの。しかし中でも最も彼の気に入った空想は、仙人になって空を飛ぶことでありました。

ある日彼は、召使いの運んで来た昼飯を寝床の中でぶつぶつ言いながら食べ終わると、再び果てしない空想に耽《ふけ》っておりましたが、いつの間《ま》にかしのび寄って来た睡魔《すいま》の囚《とりこ》となって、すやすやと寝入ってしまいました。

どのくらい時間が経《た》ったことでしょう。彼は不意に何者かに、杖の先で揺《ゆ》り起こされました。

「あーあ。誰だい、起こす奴《やつ》は。人がいい気持ちで寝ているのに。」

と、彼は睡《ねむ》い眼をこすりながら枕のまわりを眺めました。するとどうでしょう。寛《ゆる》やかな水色の衣を着け綸巾《かんきん》を頂いた品の好い老人が、そこに立ってじーっと彼を見下ろしているではありませんか。

抜け目のない怠け者は、てっきり仙人が自分に飛行の術を教えに来たに相違ないと考えましたので、やおら身を起こすとうやうやしく頭を下げて申しました。

「お名前は存じませんが、あなたは定めし偉い仙人でいらっしゃいましょう。どうか私の日頃の願いを叶《かな》えて下さいませ。」

「よく存じておるの。儂《わし》は如何《いか》にも蓬莱《ほうらい》山に棲《す》む壺中仙《こちゅうせん》という仙人で、汝《なんじ》に飛行の術を授けんがために参《まい》ったのじゃ。」

と、仙人は真っ白な顎鬚《あごひげ》をしごきながら厳かに申しました。

「ありがとうございます。ありがとうございます。私は今までどんなにあなた様《さま》の御入《ごにゅう》来《らい》をお待ち申していたことでございましょう。」

と、怠け者は咳《せ》き込んで言いました。

「しかしながら飛行の術を修業せんがためには、死ぬような苦しみに百度も会《あ》わねばならぬ。汝にそれを辛抱《しんぼう》することができるか。」

「もちろん、もちろんできますでございます。飛行の術さえ授けて頂けますならば、たとえ両手両足を失いましょうとも、悔《く》いる所はございません。」

怠け者がけなげにもこう言い放《はな》ちますと、途端《とたん》に仙人は彼の襟首を引っ掴《つか》み、嵐を呼んで大空に舞い上がりました。

四百余州はあれよあれよと見るうちに、怠け者の脚下を過ぎ去り、二人は渺茫《びょうぼう》たる海上に出ておりました。

「ああ、何という素晴《すば》らしい術であろう。間《ま》もなくこの術が俺《おれ》のものになるのだ。」

こう思うと怠け者の胸は嬉しさの余り、大浪《なみ》のようにときめくのでありました。

やがて二人は蓬莱山に舞い下りました。鬱蒼《うっそう》たる林、繚乱《りょうらん》の花園《はなぞの》、金銀の実《み》がとおおに稔《みの》る果樹園、群れ遊ぶ胡蝶《こちょう》、囀《さえず》る鳥、そして縹渺《ひょうびょう》たる神雲《しんうん》が、緩《ゆる》やかに山の頂を旋《めぐ》っておりました。かくして人界《じんかい》の塵《ちり》を遠く超《こ》えた小島で、怠け者の死に身《み》の修業が始まったのであります。

まことにそれは、死に身の修業でありました。まず第一に、彼は来る日も来る日も逆立《さかだ》ちをし続けねばなりませんでした。次に千仭《せんじん》の谷底へ蹴《け》落とされた上、来る日も来る日も絶壁を這《は》い上がらねばなりませんでした。次には瀧も凍る極《ご》寒のさ中に、一晩中海中に浸《ひた》っていなければなりませんでした。

煮え湯の中で一日を送り、真っ赤に焼けた鉄《てつ》の塊を背負い続け、針の筵《むしろ》の上を転《ころ》げ廻り、彼の躯《からだ》は此の世の人とは思えぬ無残《むざん》な有様《ありさま》となりました。しかしながら、かかる難業苦業が果てた時、遂に彼は一人前の仙人となりました。飛行の術はもとよりのこと、四千八十の仙術を、一つ残らず覚《おぼ》えることができたのであります。

ある日仙人は彼を呼んで、厳かにこう告げました。

「よくぞ長い間辛抱致した。これ以上汝に教える所はない。しかしながらくれぐれも注意しておくが、汝の習い覚えた仙術は、世のため人のために用いるべきものであって、決して汝の慰《なぐさ》みのために使うべきものではない。もしも汝が誤ってかかる邪道に陥《おちい》ったならば、儂はたちどころに汝の仙術を奪い取るであろう。このことを肝《きも》に銘《めい》じて夢忘れるではないぞよ。」

仙人はかく言い終わると、蛟《こう》龍の背に打ち跨《また》がって東の空に消えて行きました。

一本立ちの仙人になった怠け者は、得意の思いに胸も張り裂けんばかりでありました。初めのうちこそ師の教えを守って、みだりに仙術を用いることを慎《つつし》んでおりましたが、幼い時から養われて来た怠け者の本性は、苦しい試練を経ても依然として彼の心の奥底に頑強に巣食っていたのです。

市場に行くにも人のもとを訪れるにも、彼は常に五彩の雲に打ち跨《また》がるようになりました。

師が最後に残して行った言葉は時々彼を不安にしましたが、時の経つにつれていつしか彼の心から消え去りました。今では彼は、用もないのに五彩の雲に乗って、四百余州を全速力で馳《か》け廻るようになりました。しかし彼の恐れていたことは一向《いっこう》に起こりませんでした。彼の仙術は使えば使うほど上手になって行くようでありました。

怠け者の心には、高慢《こうまん》の蛇がとぐろ巻くようになりました。

「壺中仙も今では俺をどうすることもできないのだ。」

怠け者はこう考えて、いよいよ傍若無人《ぼうじゃくぶじん》になって行きました。

ある日の朝、彼は北の洛陽《らくよう》を発《た》って、南の温州《うんしゅう》に向かいました。温州蜜柑《みかん》の黄金色が彼の眼底に彷彿《ほうふつ》としておりました。彼は生唾《なまつば》を飲みながら、眼下を矢のように飛び去って行く山川を眺めて、好い気持ちになって高らかに唱いました。

宇宙はまろい。まんまろい。
蒼《あお》い空は　俺の屋根。
四百余州は　俺の庭。
朝《あした》に洛陽《らくよう》の林檎《りんご》を愛《め》で
夕《ゆう》べは温州の蜜柑を食らう。

誰が見たって　俺様は
天下一の仙人様よ。

その時です。今まで雲一つなく晴れ渡っていた大空に、突如《とつじょ》として霹靂《へきれき》が轟《とどろ》き渡り、篠《しの》突《つ》く雨と諸共《もろとも》に、恐ろしい突風が襲いかかりました。怠け者の躯《からだ》はきりきりと宙《ちゅう》に捲《ま》き上げられて行きました。
真っ黒な雲の彼方《かなた》に師壺中仙の大音声《だいおんじょう》が響《ひび》き渡りました。

「戯《たわ》け者め！　天下一の仙人様とは誰の事だ！　汝の如《ごと》き怠け者に仙術を教えたは儂の誤《あやま》りであった。今日《こんにち》以後、汝は再び仙術を用いることはできぬぞ。」

次の瞬間怠け者の躯は、雲を突ん裂《ざ》いて真逆様《まっさかさま》に、大地目掛《めが》けて落ちて行きました。

朝露が口に這入《はい》ったので、怠け者はふと我《われ》に還りました。躯中が割れるように痛みます。いつもの癖《くせ》で彼は早速《さっそく》雲を呼ぼうとしました。しかし雲は降《お》りて来ませんでした。怠け者は慌《あわ》てました。今や彼は己《おの》が身《み》から、一切《いっさい》の仙術が失われたことに気付いたのであります。

已《や》むなく彼は立ち上がって歩こうとしました。然《しか》るに何事でありましょう！　彼は歩くことすらできなかったのであります。雲に乗ることにばかり馴《な》れていた彼は、歩く術を全く忘れ果てていたのです。

それから数日の後、邯鄲《かんたん》の街《まち》の雑踏《ざっとう》の中を、四つ這《ば》いになって行く一人の男がおりました。耳も鼻もわからぬ程《ほど》に焼け爛《ただ》れたこの男が、かつて人々の頭上を得々然《とくとくぜん》として、五彩の雲に乗って飛んで行った仙人であるということを、気付いた者は誰一人ありませんでした。

昭和二一年四月頃作る

王様になった鯛《たい》の物語《ものがたり》

さざ波一つ立たない深い深い海の底に、一匹の鯛が住んで居《お》りました。彼には一匹の母親と一匹の許婚《いいなずけ》とがありました。三匹はいつも仲好《なかよ》く海の底を泳ぎ廻って、のどかな日を送って居りました。寝て起きて泳いで餌《えさ》を求めるだけの、単調なしかし平和な生活が繰《く》り返されてゆきました。

悪漢の章魚《たこ》や鯱《しゃち》にしょっ中追いかけられている臆病者《おくびょうもの》の鰯《いわし》は、彼等《ら》を見かけるといつもきまってこう言うのでした。

「本当に幸《しあわ》せな御身分《ごみぶん》ですね。私もあなた方《がた》に生まれてくれればよかった。」

ある日のこと、海上が物凄《ものすご》く荒《あ》れて、難破《なんぱ》した一隻《せき》の船《ふね》が、深い海底に静かに沈んで参りました。

大勢の魚達《たち》が集まって来て、物珍しそうに船を眺めて居りましたが、誰も怖《こわ》がって中へ這入《はい》って行こうとはしませんでした。しかし勇敢《ゆうかん》な鯛は、皆のとめるのもきかず、船底の破口《はこう》からずんずん中へ這入っていきました。

そこは実に不思議《ふしぎ》な世界でした。見た事もないような珍しいものが、あちらにもこちらにも転がっていました。人間というものをまだ見たことのなかった鯛は、溺死人《できしにん》の姿を不思議そうに眺めながら、種類《しゅるい》の違った人魚なのかな、と思ったりしました。

中でも一番彼の気に入《い》ったのは——彼は勿論《もちろん》まだその名前を知らなかったのですが——ある小さな船室のテーブルの上に載《の》っていた、綺麗《きれい》な本でありました。

彼は早速それを口にくわえて、母親と許婚のところへ持って帰りました。

みんな不思議がったり珍しがったりしましたが、どういうものかさっぱりわかりません。そこで鯛は、海の中の魔法使いである甲羅《こうら》を経《へ》た海亀の所へ持って行って、どういうものかと尋ねました。

すると海亀はこう言いました。

「これは人間の持っている本というものだ。ああ、お前はまだ人間てものが何だかも知らないのだね。人間というのは、陸上に住む我々と同じ生き物なんだが、ただ我々と違う所は、文字というものを持っていて、自分の考えを言葉によらずに、他人に知らせることが出来るのだ。その文字というものを並べてあるのが、この本なのさ。」

それから彼は長いこと、鯛に人間界の有様《ありさま》を物語りました。深海しか知らなかった鯛にとって、地上の事《こと》人間界の事は、あの世の事を聞くよりも珍しく、彼は貪《むさぼ》るように海亀の話に耳を傾けました。

それからというもの、鯛の夜毎《よごと》の夢は人間世界をかけめぐりました。

「ああ一度でもいいから、人間の世の中を見たいなあ。お日様ってどんなものだろう？家ってどんなものかしら。花というものは珊瑚《さんご》より綺麗なんだろうな。」

昼間《ひるま》も彼はこんな事を、口癖《ぐせ》のように呟《つぶや》くのでありました。

「およしよ。つまらない事を考えるのは。若いうちそんな事を考える者に限って、人間にとって食われてしまうのだよ。お母さんの娘時代にも、そういう馬鹿な仲間が居《い》たものさ。」

と、鯛のお母さんは何遍《べん》も彼に言いました。しかしそれは何のたしにもなりませんでした。

ある日鯛は魔法使いの海亀のところへ行って、こう言いました。

「私は一度でよいから人間世界へ行ってみたいのです。何とかして私の願いを聞き届けて下さるわけにはゆきませんか。」

遙《はる》かな海面から漏《も》れて来る神秘《しんぴ》な淡明《うすあか》りに包まれて紫色の藻蔭《もかげ》に寝そべっていた魔法使いの海亀は、目を細めて鯛をみつめておりましたが、やおら身を起こして静かにこう申しました。

「お前は不思議な魚だ。そして儂《わし》が百年も前から心待ちに待っていた魚だ。お聞き。ここに不思議な物語がある。」

海亀は眼を閉じて遠い昔を思い出すように、ポツリポツリと語り出しました。

「今から丁度百年前の今月今夜の事であった。儂《わし》は月に浮かれて磯辺《いそべ》の白砂《しらすな》の上に遊びに出た。

その晩は実によい月夜だった。あんな美しい月夜にそれからもそれ迄《まで》も儂は遭《あ》った事がない……………いやいや、そうではない、一度だけ、お釋迦《しゃか》様が三億五千万の衆生《しゅじょう》のために、其の美しい妃《きさき》と可愛い子と、諸々の富と栄光に満ちた宮殿とを後にした夜には、いつもの三倍程も明るい月が金銀の群星を従えて大空に昇った。銀河《ぎんが》は波打ちオリオンは躍《おど》り、いつもは天の中心に座を占めて諸々の星を冷然《れいぜん》と見下している北極星までがキリキリと月の周囲を廻ったものだ。

そんな不思議こそなかったけれど、あの夜の月の美しさは到底《とうてい》この世のものとは思われぬ程だった。儂は金色の月光を甲羅いっぱいに浴びて、波打ち際《ぎわ》の砂の上にうずくまっていた。背後では金銀の飛沫《ひまつ》をあげて打ち寄せる波までが、コロコロと金の鈴のような音を立てているのだった。

砂浜には人影《ひとかげ》一つ見えなかった。長いこと儂はうっとりとして何もかも忘れていた。あるいは眠っていたのかも知れない。


儂がふと眼を上げた時、向こうの松林の中から長い行列がこちらへ近づいて来るのが見えた。その人達《たち》は真っ白《しろ》なゆるやかな衣をつけていた。金の帯と銀の靴と銀の長剣とをつけ、背に長く垂らした真っ黒な髪の毛の上には金の冠をいただいていた。彼等《ら》は皆深く頭をたれ、両手を膝《ひざ》がしらに組んでそろりそろりと歩いていた。彼等が足を踏み出す毎《ごと》に、銀の長剣はチャリンチャリンと美しい響《ひび》きを立てた。

やがて彼等は儂の眼の前の砂の上に二行に向かい合って並んだ。この時行列の後尾から、黒々とした長い顎鬚《あごひげ》の生えた一人の男がしずしずと歩み出した。彼の靴も剣も黄金であり、頭には金剛石《こんごうせき》をちりばめた大きな冠《かんむり》を戴《いただ》いていた。明らかに彼は王様であり、両側に居並んだ人々は彼の家来《けらい》であった。

王の背後《はいご》には、背の低いしわだらけの猿によく似た一人の老婆が続いた。彼女の頭髪は殆《ほと》んど抜け落ち、背は三つに折れ曲がっていた。彼女が息をする毎に、唇《くちびる》のない口角からはプツプツと白い泡が吹き出した。しかも彼女はその瘠《や》せこけひからびた躰《からだ》に、真っ赤な天ビロードの外套《がいとう》を被り、両手にうやうやしく紫水晶の玉を捧げていた。彼女は正《まさ》しく妖《よう》術使《じゅつつか》いであった。

王と妖婆とは、儂の右手の波打ち際に並び立った。打ち寄せる波の名残《なごり》は二人の足にチョロチョロと戯《たわむ》れていた。

妖婆はやおら身を曲げて、口の中に海水を含み、手に捧げた紫水晶の玉に霧を吹きかけた。すると玉は急にくるくると廻転し出し、妖婆の手を離れて空中に舞い上がった。玉の廻転は次第に早くなり、やがて紫色の滴《しずく》を八方にとばし始めた。

しかも驚くべきことには、その滴は波打ち際に落ちると見るまに、忽ち一個の美しい真珠に変わった。大きさは鳩の卵程《ほど》もあり、七色の光は月の光に優《まさ》って照り輝いた。すると玉は廻転をやめて、再び妖婆の手中にかえった。

「メノン。アガメノン。アメンノン。べーヤ。スラーダ。スバクタニ。」

妖婆は奇怪な呪文を唱えてから、勢いよく海中に馳け込んだ。すると波は真っ二つに裂《さ》けて、妖婆に一筋の道を与えた。

百米《メートル》も行ってから妖婆は引き返して来た。見ると差し渡し一米もありそうなあわびをかかえていた。妖婆はそれを砂浜におろし、王の剣を借りて貝殻をこじあけ、貝殻と厚い肉襞《にくひだ》の間に、大きな真珠を押し込んで、再び貝殻を閉じた。それから又それをかかえて海の中へ馳け入って戻《もど》って来た。海の波は道を閉じ、何事もなかったように打ち寄せるのであった。

ぼんやりとそれを眺めていた王に妖婆は顔を向けて言った。

「王よ。呪縛《じゅばく》はすみましたぞ。あなたの子孫は永遠に安泰でありましょう。ところで御約束の品を戴きたいものですのう。」

王はぎくりとしたように一、二歩後へ退がった。そして家来達を振りかえると、震える声で何か命じた。

三人の家来が重そうに大きな鉄箱をかかえて来た。そのふたにはソロモン王の十字の封《ふう》印《いん》が、夜目《よめ》にもあきらかにうす赤い光を放っていた。

「おお、これじゃこれじゃ。」妖婆は貪欲《どんよく》そうな眼を光らせて箱に獅噛《しが》みついた。

その時であった。一人の家来がつかつかと妖婆のうしろに近寄ると、夢中になっている妖婆の頭蓋《ずがい》に長剣の一撃を加えた。

「ギャッ!」と、蛙を押し潰《つぶ》すような声を立てて妖婆はのけぞった。禿《は》げ上がった頭は柘榴《ざくろ》のように割れて、一丈《じょう》程もある血の柱がほとばしった。

「うまくやったぞ!」と王は叫び、家来達はときの声をあげた。そして何事もなかったように、隊伍《たいご》を整《ととの》えると、しずしずと松林の奥へ消えて行った。

儂は茫然《ぼうぜん》として何を考えてよいかわからなかった。あおむけに倒れた妖婆の頭からは、真っ赤な血がいつまでも流れ続けた。ひからびた妖婆の躯の何処《どこ》からこんな血が流れ出すのか、儂は気味悪くて近付く事も出来なかった。

と、その時。死んだと思っていた妖婆の頭が微《かす》かに動き、水晶の玉を掴《つか》んだ右手がブルブルと慄《ふる》えながら宙《ちゅう》をさまよった。儂は思わず這《は》い寄った。

真っ白な眼で妖婆はじっと儂を見詰めた。歯ぐきのない歯がガチガチと鳴って、喉《のど》の奥からシュッシュッと言うような響きと共に、微《かす》かに声らしいものが漏れて来た。

『お前は………お前は人間ではない。そうだ、人間ではない。………儂は……儂は人間が悉《ことごと》く嘘《うそ》つきであてにならない…………という事を知っている。………だがお前は人間ではない。……だから…………儂は安心してお前に告げることが出来る。聴いてくれ………聴いてくれ………儂が喋ることを。』

それから妖婆は苦しい息の下から最後の力を振りしぼって、次のような物語を儂にしたのじゃ。

『………儂は今を去る七千年の昔、レバノン山に棲んでいた牡猿《おす》の腹から生み落とされた魔法使いなのだ。儂は、この長い生涯の間に、儂にこの不思議な力を与えてくれた神の名を恥ずかしめるような悪行《あくぎょう》を、ただの一遍《ぺん》も働いたことのないのを誇りに思う。

儂は常に人間の味方だった。しかし嗚呼《ああ》、儂は恩を仇で返されたのじゃ。

儂を殺した男はこの国の王だ。彼は七日程前に不思議な夢を見たと儂に告げた。夢の中に一匹の白い蛇が現れて、黄金の玉座をギリギリと七回半巻いたと言うのじゃ。儂は直ちに卜《うらな》って、これは百年後に王の子孫が、家臣によってその位を奪われる前兆だと教えたのじゃ。

すると彼奴《きやつ》め、大いに驚きよって、何とかこれを未然に防ぐ方法はないかと尋ねた。そこで儂は、いかにも防いでやろうが、その返礼にソロモン王の宝篋《ほうきょう》をもらいたいと言ったんじゃ。

ソロモンの宝篋とは、昔賢者ソロモン王が、死の間際《まぎわ》に彼の知恵《ちえ》を悉く封じておいた不思議の箱で、これさえあれば儂は如何《いか》なる悪魔と戦っても勝つ力を与えられるのだ。しかし用い方を知らぬ人間どもにとっては、猫に小判ほどの価値もない。儂がこれを要求したのは、それゆえ決して己《おのれ》一人の欲望のためではなかったのだ。だのにあの裏切り者めは、役にも立たぬ箱の惜しさに儂をこんな目に遭《あ》わせおった。

儂はやがて死ぬだろう。儂の呪縛《じゅばく》は消えず彼奴の子孫は王位を奪われずにすむだろう。しかし見て居れ！

儂はお前に呪《のろ》いをかけてもらいたいのだ。今から百年の後、お前のもとへ一匹の魚が来るだろう。彼はお前に、人間界へ連れて行ってもらいたいと頼むだろう。その時お前は、儂が呪いの真珠を籠《こ》めて置いたあわびの中から、その真珠を取り出しそれで魚の頭を撫《な》でてやるがよい。その時不思議が起きるだろう。そして魚は裏切り者に復讐してくれるに違いない。………』

妖婆はこう語って息絶《た》えた。儂は砂浜に穴を掘って妖婆の死骸を埋めた。海は妖婆の血で、七日の間真っ赤に染まっていた。

その時から今日でちょうど百年経《た》った。そして老婆の予言どおり、儂の目の前にお前が現れたのだ。儂たちは妖婆の遺言どおり振る舞わねばならぬ。おいで、儂と一緒に。」

海亀と鯛とは連れ立ってあわびの住んでいる海中の岩山へと向かいました。あわびは大きな洞穴《ほらあな》の中に居りました。海亀はあわびに話しかけました。

「あわびさん、ちょっと儂に真珠を貸してもらえないかね。」

「やあ、海亀さんか。こんな真珠は邪魔《じゃま》っけだから、借りると言わずに持って行ってください。」

そこであわびは大きな口を開《あ》けました。海亀は肉襞《にくひだ》の間から、鳩の卵ほどもある見るも美しい一個の真珠を取り出しました。

二匹はさらに泳いで磯《いそ》のすぐ近くに行きました。

「覚悟はよいか？　どんな不思議が起きても儂は知らないぞ。」

と、海亀は念を押してから、真珠で鯛の頭を撫でました。

忽《たちま》ち鯛の姿は消え失《う》せ、海亀の前には若く美しい一人の男の人間が、打ち寄せる波を白い太腿《ふともも》に受けて立って居りました。

「おお！　お前は人間になったのだ!!」

と海亀は叫びました。

「え!!　私は人間になったんですか?!」

と、鯛の青年は潮風《しおかぜ》に黒々と濡《ぬ》れた髪の毛を横ざまになびかせて叫びました。

「そうだ、人間になったんだ。それも若い美しいたくましい男にだ。何処《どこ》に行ったたって、お前ほど美しい人間は居《い》やあしない。」

「そうですか。やあ、あれが砂浜ですね。あれが松の木か。あれが家なんだな。ありがとうございます。ありがとうございます。御恩は死んでも忘れません。」

と、青年はすっかり有頂天《うちょうてん》になって叫びました。

「でも、ぐずぐずしては居られません。すぐ出かけますから、お母さんやあの娘によろしくおっしゃってください。」

「ああ、いいとも。気をつけてお行き。」

海亀はそう言って眼をしばたたきました。

「この真珠には不思議な力が籠《こ》もっている。何かの役に立つかもしれない。さあ、持ってお行き。」

「ありがとう。いただいてまいります。」

そう言って真珠を受け取ると、青年は身をひるがえしてジャブジャブと波を押し分けながら、ようやく夕闇《ゆうやみ》の立ちこめて来た浜辺に向かって歩み出しました。折《おり》から西空に沈んだ太陽の最後の残光が、カッと燃え上がったかと思うとフッと影を消しました。あたりは藍《あい》色の闇《やみ》に包まれて行きました。

夕餉《ゆうげ》が終わった浜辺の家から、一人の少女が走り出して来ました。彼女は磯の方に白いものがうずくまっているのを見つけました。近づくにつれて、それは人間、それも若い裸《ら》体《たい》の男であることがわかりました。で、彼女は立ち停まって呼びかけました。

「何をしていらっしゃるの？　裸で……」

するとその男は答えました。

「裸って何のことです？」

「まあ、あきれた！　裸とは着物を着てないことじゃないの。」

「着物って何の事です？」

と、又男は尋ねました。少女はあきれて、頭がおかしいのかしらと思いました。で、急いで家へ帰ると父親に慌《あわただ》しくこの事を告げました。

漁夫である少女の父は、急いで家の外へ出ました。門前に裸《はだか》の立派な青年が立って居りました。彼はじろじろその男を眺めましたが、どう見ても頭がおかしいとは見えませんの

で、

「お前さん一体どこから来たのかね?」と尋ねました。

「海の中からです。」と彼は答えました。

「成程少しまわっていいるわい。」と彼は心の中で呟《つぶや》いて家に入り、着物を持って来て若い男に着せました。

「お前さん、儂と一緒に漁夫《りょうし》になりなさらんか?」

「ええ、なってもかまいませんが、漁夫って何ですか?」

「ワハハハ……漁夫も知らんのかい。魚をとる商売のことだよ。」

こうして鯛の青年は漁夫の家に厄介《やっかい》になり、自らも漁夫を稼業《かぎょう》とすることになったのであります。

主人は彼にホーフコーフという名前をくれました。そして早くも三年の月日が流れ去ったのであります。

この三年間に彼のやった事は、それだけで一冊の本が出来る程でありました。百年前に世を去った妖婆が、尽きぬ恨みをこめた真珠の玉は、実に不思議な力を持って居りました。彼はこれで少なくとも五十人の病人の命を救いました。ある可憐な少女は、恋い慕う男の心が迷いから醒めて自分に戻ってくるようにと、ホーフコーフに頼みました。その願いは直ちにきき届《とど》けられ、今では二人は誰一人知らぬ者なき睦《むつ》まじい家庭をつくって居りますし、ある恋人達は、玉の力でかたくなな親の心をほぐして、遂にめでたく結婚することが出来ました。

かくて彼の名は村を越えて遠く国中にきこえてゆきました。

四年目のある日の事、彼の侘住居《わびずまい》に国王の使者と称する一人の男が訪れて、王女が重病であるから治していただきたいと申し入れました。

鯛の青年（今ではホーフコーフ）は、別室で香をくゆらしながらじーっと真珠を見詰めました。しばらくすると真珠の表面に、うっすらと霧がかかって来ました。ホーフコーフは腕組みをして考え込みました。

「不思議だ。こんな霧がかかるとはかつて無かったことだ。何かわけがあるに違いない。ひょっとしたら俺の身の上に恐ろしい禍《わざわ》いが振りかかって来るのかも知れない。」

しかし彼は何くわぬ顔をして、国王の使者と称する男の後に従いました。門前には美々しく飾り立てた白馬が待って居りました。

一行は都をさして旅を続けました。三日目の夜、一行はとある山の大きな樅《もみ》の木蔭《こかげ》に宿りました。ホーフコーフは昼の疲れで、深い眠りにおちて行きました。

ところが彼が熟睡したとみるや、伴《つ》れの男達はそっと起き上がり、何も知らないで眠っているホーフコーフを、いきなり縄でぐるぐる巻きにしてしまった上、猿ぐつわをかませて樅の木の洞《うつろ》の中へ投げ込んでしまいました。そして彼の懐《ふところ》から真珠を奪いとると彼を残して立ち去ってしまいました。

「何という酷《むご》い奴《やつ》らだろう。しかしとにかく何とかして縄をほどかなくては。」

だが彼の必死の骨折りにも拘《かかわ》らず、頑丈な縄目は遂に解けませんでした。疲れ果てた彼は観念の眼を閉じて静かに洞の中に横たわっておりました。

すると三日目の夜、洞の外でがやがやと人声が聞こえました。耳を澄ますと、それは明らかに二人の男の話声でありました。

彼は必死に洞穴《ほらあな》の外へ転げ出ました。そして、「お願いです！ 助けて下さい!!」と、二人に向かって叫びました。

二人は同時に顔を向けました。一人は百歳を越えたような老人で、目が三つありました。一人は若い男でしたが、奇怪なことに下顎《あご》がなく長い舌がだらんと喉の所まで垂れ下がっておりました。ホーフコーフは驚いて眼をつむりました。すると三つ目の老人が言いました。

「助けてやらんでもないが、その代わりに儂等《ら》の召使《めしつか》いになるかね？」

「でなきゃお気の毒だが山犬に喰わせてやるだけだよ。」と、顎無しが言いました。

彼が喋る時、長い舌はブルンブルンと震えながら上下しました。

ホーフコーフはこんな化物の召使いになるのは情ないと思いましたが、命には代えられぬと思いなおして遂に承知しました。二人はすぐに彼の縄をほどいてくれました。

彼らは手の中に入《はい》りそうな木の小箱をホーフコーフに渡して、持って行くように命じました。ところが驚いたことにこの木箱は、ホーフコーフには恐らく百キログラムもあるように思われました。

一里も行かぬうちに彼はすっかりへたばって悲鳴をあげました。

「もう重くて一足も歩けやしません。一体此の箱の中には何がはいっているんです?」

「つまらん口をきくな。貴様《きさま》は俺達の召使いだ。唯《ただ》黙ってついてくりゃいいんだ。」

と顎無しは叫んで、腰から柳の鞭《むち》をとり出してホーフコーフの肩を叩きました。皮膚は破れて血がにじみ出ました。

ホーフコーフは唸《うな》りました。しかしじっと唇を噛んで我慢しました。

「こいつらは魔法使いに相違ない。だからうっかり手出しは出来ないが、今に見ろ。」

と彼は腹の中で考えました。

彼はかつて魚であった頃、魔法使いの海亀に、魔法使いの弱点を聞いて知っておりました。彼等は満月の晩、柊《ひいらぎ》の木の下を通る時には全然魔力を失ってしまうのでした。

「明日は満月だ。それにこんな山道だから一度は柊の下を通ることがあるに違いない。」

と彼は考えて、黙々と後に続きました。


夜中歩いて夜が明けると、魔法使いは森の中に這入《はい》り草を分けて腰を下ろしました。それから叢《くさむら》に生えていた毒茸《きのこ》に指を触れて、何かブツブツと呪文を唱えました。見る見る茸は大きくなり、丁度テーブル程の高さになりました。

彼等はめいめいの袋から奇妙な食物を取り出して茸の上に並べました。それは串《くし》にさしたひき蛙の干物《ひもの》だの、がま蛙の腸詰《づめ》だの、盲《めくら》蛇の毒袋だの、カメレオンの舌だのでありました。更に彼等はまだ血のしたたっている赤ん坊の頭をとり出して、ガリガリと食べ始めました。ホーフコーフには味のないパンを投げてよこしました。

食事が終わると彼等は場所を移し、大きな木の下でグーグー眠りはじめました。ホーフコーフも疲れが出て、やがてグッスリ寝入ってしまいました。

彼が眼をさました時、魔法使いはまだ好い気持ちで眠っておりました。日の落ちたばかりの空には、ほの白い満月が輝いておりました。ホーフコーフはふと気がついて、魔法使いのもたれかかっている木を見上げました。何という幸いでしょう。その木は正《まさ》しく柊でありました。

「しめた!」と叫んで彼は顎無しにとびかかり、だらしなく垂れ下がっている舌を力一杯引っ張りました。スポンと音がして舌は何なく抜けてしまいました。顎無しの息はもうとまっていました。

その物音に驚いて三つ目が眼をさましましたが、ホーフコーフはこの男にとびかかって何《なん》なく首を締め上げてしまいました。

かくして二人を片付けたホーフコーフは、かねて不思議に思っていた木箱をこじ開けました。途端に緑色の煙が立ちのぼり、それが次第に凝《こ》って二人の人の姿になりました。一人は紫色の衣をつけ、黄金の冠を戴き、黄金の靴をはき、黄金の剣をさげたまがうかたなき王様であり、も一人は黄金で縁取った白い衣裳に黄金の帯を締め、黄金の靴をはき、黄金の冠を戴いた美しい王妃でありました。二人はホーフコーフに頭を下げて何度《どお》も御礼を申しました。

「一体これはどうした事です? あなたがこの国の王様なら、今王様と称している男は一体何者なのですか?」

するると王様は口を開きました。

「彼奴《きやつ》は儂の大臣だったのですが、三月程前に、儂に王女を妻にくれと申し出たのです。儂は彼奴の才を愛しておりましたが、人柄には日頃感心しない点が多かったのできっぱりとことわりました。彼奴はそれを根にもって、そこに死んでいる二人の魔法使いに頼んで儂と妃をこの木箱の中に閉じ込めてしまったのです。」

「なるほど、それでわかりました。彼奴は私の真珠を奪い取り、その魔力で王女を自分になびかせようと企《たくら》んだのに違いありません。ぐずぐずしては居られません。何とかして王女を奪い返さなければ。」

「いやいや、少しも心配はいりません。国民は儂等《ら》が行方《ゆくえ》不明になったと聞いて不承《ふしょう》不承《ぶしょう》あの大臣を国王にしたのじゃが、儂が帰ればすぐにまた儂を国王にするに違いない。」

そこで三人は都へ急ぎました。

果して王の言葉のとおりでありました。国民は歓呼《かんこ》して王を迎え、悪者の大臣を捕えて絞首台《こうしゅだい》にのぼせました。王は再び玉座につき、ホーフコーフを新たに大臣に任じました。真珠も無事に彼の手に戻りました。かくして百年前の妖婆の呪縛はまこととなったのであります。

だが呪《のろ》いは、それだけではすみませんでした。大臣になったホーフコーフの心中には、やがてただならぬ考えが頭をもたげて参りました。彼は大臣の地位に満足せず、ひそかに王位までもうかがうようになったのであります。

彼の非望を一そう煽《あお》り立てたものは、美しい王女カリカヤースでありました。

彼女の美しさに較《くら》べることの出来るものは何一つとしてありませんでした。豊かな髪は時鳥《ほととぎす》の鳴く五月の闇《やみ》よりも黒く、頬は王宮の花園《その》にみだれ咲く薔薇《ばら》の花よりも朗《ほが》らかに、きらびやかな衣をまとうたその姿は、蘭の花よりも品高く奥山影《かげ》に咲く白百合《しらゆり》の花よりも匂《にお》いやかでありました。

「王位に即《つ》けば彼女を我がものとすることが出来よう。」と彼は考えました。そしてこの野望に打ちひしがれた彼は、一夜人寝静まってから香をくゆらして、一心に真珠に向かって念じました。突如《じょ》真珠は粉微塵《みじん》に砕《くだ》けました。その中から一本の黄金の征矢《そや》が、音も立てずに王宮に向かって飛びました。

翌朝あまりに遅い王の寝醒めをいぶかって、王妃は王の寝室をのぞきました。王の胸には一本の黄金の矢が突き立ち、傷口から溢れ出た鮮血のために寝台は一面の紅《くれない》に染まって居りました。

王妃の絶叫を聞きつけて駆《か》けつけた人々は、しばし茫然《ぼうぜん》として立ちすくみました。美姫カリカヤースも悲報を聞いて駆けつけましたが、一目父の死骸を見るや気を失って倒れました。

……………………

それから数日。前王の柩《ひつぎ》を載《の》せた牛車《ぎっしゃ》とそれを護る長い行列が、王宮から墓地まで続きました。

更に数日の後、新王ホーフコーフの即位式が厳かに挙げられ、王冠は前王妃の手で彼の頭上に加えられました。

そして又一月の後には、新王ホーフコーフと前王の娘カリカヤースの結婚式が盛大に挙げられたのでありました。

かくして数年の昔には、海底に棲む一匹の鯛にしか過ぎなかったホーフコーフは、今や人間として最高の栄誉と富とを担《にな》い、あまつさえ世界一の美姫をさえその手中に入れたのであります。彼こそ、世の中で最も幸福の人に見えました。

しかしながら唯《ただ》一人の男にかくも多くの幸福を与えることは、慈悲深い神の御《み》心にさえ不都合《ふつごう》なことでありました。ホーフコーフの胸に言い知れぬ煩悶《はんもん》がわだかまるようになりました。それはカリカヤースの、彼に対する態度についてでありました。

かの真珠の魔力によって、確かにカリカヤースは燃えるような愛情をホーフコーフに捧げておりました。しかし不思議なことにホーフコーフは、妃の熱烈な抱擁《ほうよう》や愛撫《あいぶ》や火のような接吻《せっぷん》の底に、時としてぞっとするような冷たさ白々《しらじら》しさを、いわば胸許《むなもと》に氷の刃《やいば》を突きつけられたような戦慄《せんりつ》を、感じるのでありました。彼はそれが何を意味しているかを、必死になってつきとめようと足掻《あが》きました。そして発見しました。妃は彼を熱愛しながら、同時に彼を父殺しの下手人《げしゅにん》ではないかと疑っていたのであります。

甘美な情炎《じょうえん》にくるんだ匕首《あいくち》を胸許に擬《ぎ》し合う危い愛情の取り引きは、彼にとっても妃にとっても身悶えするばかりの負担《ふたん》でありました。猜疑《さいぎ》は限りなく猜疑を生みました。相手の胸の探り合いに、彼等は心身をすりへらしていきました。しかも最も悪いことには、彼等はお互いなしには生きていられない程の愛情に金縛《かなしば》りにされていたのであります。

不幸な人生が、しかも見かけは如何《いか》にも幸福そうに続けられて行きました。王の心にはいつしか深い深い悔恨《かいこん》が忍《しの》び入っておりました。彼の眼底には時折楽しかった過去の海底の日々が浮かんでくるのでありました。こんな時彼は唯一人椅子《いす》にもたれて、悲しい物思いに耽《ふけ》るのでありました。

お話かわって、昔変わらぬ海の底では、年老いた鯛のお母さんと許婚とが、帰らぬ彼の帰りを待って悲しい日々を送っておりました。

時々海亀が訪れては、鯛の消息を伝えました。彼がカリカヤースと結婚した事を聞いた時、若い娘鯛はポロポロと涙を流しました。涙は凝《こ》って真珠になりました。

海亀は気の毒そうに申しました。

「あの男も今ではつくづく後悔しているのだ。しかしどうにもならない運命なのだからな。」

「元に還ることが出来ないのなら、せめて死に場所だけでも一緒になりたいものですわ。」

と娘鯛は悲しそうに申しました。

母鯛も申しました。

「私の寿命も尽きようとしています。息子も帰らず、我が子同様暮らして来たこの娘も死ぬのなら、私も一緒に死なせて下さい。」

「そうか、二人がそれ程にまで思っているのなら、私が望みどおりにしてあげよう。」

次の日母娘《おやこ》の鯛は海亀の言うままに、わざと漁夫《りょうし》の釣針にとらえられました。緑に霞む遙かな海面に向かって、静かに釣り上げられていく母娘の鯛の姿を見守りながら、海亀は悲しみに胸のふさがる思いでありました。

ある朝ホーフコーフ王は、ひとり淋しく食卓に向かいました。妃は頭が痛むからと言って、出て参りませんでした。

やがて召使いによって幾皿もの料理が運ばれて、食卓の上に並べられました。その中に一皿の魚の料理がありました。王はその魚を手許《もと》に引き寄せました。

ああ、その時の彼の驚愕《きょうがく》は如何《いか》ばかりであったでしょう！　銀の大皿の上に横たわった二匹の魚、その魚こそまがう方なき彼の母と、そして彼のかつての許婚でありました。

真青になった王は震えながら傍《かたわら》の召使いに室外に去ることを命じました。

召使いの耳にはしばし王の苦悶《くもん》のうめきが聞こえていましたが、それもやがて静まって、深い深い沈黙があたりを領《りょう》しました。

しかしいつまで経っても王の言葉はありませんでした。召使いが怪しんでいるところへ、王妃が痛む頭をおさえながら姿を現しました。召使いは早口に事の次第を告げました。

王妃は扉を排して室内に踏み入りました。

そこに王妃の見出《みいだ》したものは何であったでしょう？　それは玉座の上に、王衣を被《こうむ》り王冠を戴いて横たわっている、一匹の美しい鯛でありました。

昭和二〇年（一九四五年）一二月頃作る

世界征服《せかいせいふく》の呪文《じゅもん》

昔々、印度《インド》に偉い坊さんが住んでおりました。この坊さんは、世界征服の呪文を知っている、世界でただ一人の人でした。

ある日のこと、お坊さんは、世界征服の呪文を忘れてしまわないようにと、誰もいない野原のまん中で、大きな声で暗誦《あんしょう》しておりました。

ところが運《うん》悪く、すぐ傍《そば》の木の洞穴《ほらあな》の中に、一頭《とう》の獅子《しし》（ライオン）が隠《かく》れておりまして、その呪文をすっかり聞いてしまいました。

聞き終わると獅子は、洞穴から躍《おど》り出して言いました。

「坊さん、どうもありがとう。私はこれから世界征服を始めますよ。」

坊さんは吃驚《びっくり》しましたが仕方《しかた》がありません。泣く泣く家に帰って、悲観《ひかん》のあまり、七日ばかり寝《ね》ついた挙句《あげく》死んでしまいました。（それ以来、この呪文は人間に伝わらなくなってしまったのです。）

一方獅子は、間《ま》もなくあの呪文の力で森中の獣をすべて征服してしまい、いよいよこれから人間を征服しようというので、獣たちを引き連れて王様のお城へ攻め寄せました。

王様は困り果て、使者を遣《おく》って「何とか仲好《なかよ》くできぬものか」と尋ねました。すると獅子は答えました。

「この国の王女は世界一の美人だそうだが、それを私にくれると言うなら、三年間だけ攻め亡ぼすのを待ってやってもよい。」

それを聞いて王様は、ますます当惑《とうわく》してしまいました。そこへ美しい王女が這入《はい》って来て、王の憂《うれ》い顔を見ると、

「獅子と仲好くできるというので、人民はたいそう喜んでおります。だのにお父《とう》様だけはどうしてそのように沈《しず》んでいらっしゃるのですか？」と尋ねました。

王は仕方《しかた》なくわけを話しました。すると王女は暫《しばら》く考え込《こ》んでいましたが、やがて言い

ました。

「私の躰《からだ》が王国の運命を、いや人類の運命を救うというのなら、私は喜んで獅子のもとに行きましょう。」

王様は泣く泣く王女を獅子のもとへ行かせました。獅子は大喜びで森に去りました。

やがて三年の歳月が流れました。暫くの間《あいだ》平和を楽しんでいた王国の上に、再《ふたた》び不安の雲が立ち籠《こ》めました。王様は国中にお布令《ふれ》を出して、「獅子を殺して王女を救《すく》い出した者には、王位を譲った上王女を嫁にやろう。」と約束しましたが、誰一人進んで「獅子を殺して来ましょう。」と申し出る勇者はありませんでした。

さて、この国の片田舎《かたいなか》に一人の少年が、老いた母親と共に貧《まず》しい生活をしておりました。

ある日少年は王様のお布令を伝《つた》え聞いて、母親に話しました。すると母親は言いました。

「お前も男の子なのだから、ひとつ運試《うんだめ》しにやってみたらどうですか。たとえ失敗して獅子の餌食《えじき》になったとしても、私は決して悲しむことはありませんよ。誰もやらなければ遠からず、私たちは獅子の軍勢《ぐんぜい》に皆《みな》殺しにされるのですからね。」

そこで少年は、たった三個のお握《にぎ》りを持って、王様のお城へ向かって出発しました。

少年がある山の麓《ふもと》にさしかかった時、急に生《なま》ぬるい風が吹いて来たかと思うと、見るも恐《おそ》ろしい蛟竜《こうりゅう》が、口から火を吐《は》きながら少年に襲いかかって来ました。けれど少年はビクともせず、ヒラリと体《たい》を躱《かわ》して竜の首に獅嚙《しが》みつき、腰の袋から握り飯を一つ取り出して、竜の眼玉にぺたぺたと塗《ぬ》りつけました。竜は瞼《まぶた》がくっついて眼が見えなくなり、泣き声を出して申しました。

「どうかお許しください。あなたはほんとうに勇気のあるお方《かた》です。瞼を開《あ》けてくださったら、きっと良《よ》い物をさし上げます。」

そこで少年は竜の眼を抉じ開《こ》け《あ》てやりました。竜は感謝《かんしゃ》して、自分の顎鬚《あごひげ》を一本《ぽん》抜いて少年に手渡しながらこう申しました。

「あなたの進む道を、大勢《おおぜい》の獣が妨《さまた》げようとするでしょう。そしたらこの鬚を振りなさい。みんな石のように動けなくなりますよ。」

そこで少年はまた、どんどん歩いて行きました。

やがて夜になりました。少年はとある木の洞穴の中で睡《ねむ》りました。真《ま》夜中頃《ごろ》、外で話声《はなしごえ》がしますので、少年は眼を醒《さ》まし、そっと覗《のぞ》いてみると、草むらに二匹の狐《きつね》がいて、ごそごそ話をしていました。

「おい、腹《はら》が減《へ》っちゃったなあ。」と一匹が言いました。

「同感《どうかん》々々。この頃《ごろ》は獅子大王の禁令《きんれい》が厳《きび》しい上に、人間も狡《ずる》くなって簡単《かんたん》には盗みができやしない。仕方がないから、明日《あす》は大王のお城に行ってご馳走《ちそう》にありつこうじゃないか。」

「大王のお城に這入《はい》るには、例《れい》の跳《は》ね橋《ばし》を渡らねばなるまい。」

「うん。実《じつ》は俺《おれ》、こないだ狼《おおかみ》の奴《やつ》が持っていた合《あ》い符《ふ》を、牛の骨と交換《こうかん》したのだ。これさえあれば跳ね橋を渡ることは勝手次第《かってしだい》さ。」

これを聞いた少年は、何とかして合い符を手に入《い》れようと考えました。そこで、握り飯を洞穴からコロコロと狐たちの方へ転《ころ》がしました。二匹の狐は同時にそれを見つけて、俺が先に見つけたのだ、いや俺だ、と烈《はげ》しく口論《こうろん》した末《すえ》、猛烈《もうれつ》な取《と》っ組《く》み合いを始めました。散々格闘《さんざんかくとう》した挙句《あげく》、二匹ともフラフラになって気絶《きぜつ》してしまいました。少年は早速《さっそく》合い符を頂戴《ちょうだい》してサッササと歩き出しました。

王様のお城に近くなった時、道端《みちはだ》に一人のお爺《じい》さんが倒れていました。お爺さんは少年を呼び止めて、何か食べ物をいただきたいと頼みました。少年は家を出てからまだ何も食べていなかったのでお腹《なか》がペコペコでしたが、可哀《かあい》そうに思って残りの握り飯をお爺さんにあげました。

お爺さんはお握りを食べ終わると忽《たちま》ち元気になって、少年にどこへ行くのかと尋ねました。少年がわけを話すとお爺さんは、

「じゃあ、私もお供《とも》させてもらいましょう。少しは助《たす》けになるかもしれませんよ。」と、言いました。こんなヨボヨボの老人ではと断《ことわ》りましたが、どうしてもお供したいと言うので仕方なく承諾《しょうだく》しました。

王様のお城に着《つ》くと王様は、獅子退治《たいじ》の志願者《しがんしゃ》が来たと聞いて大喜びで迎えましたが、一目《ひとめ》見るとガッカリして、

「やめた方がよくはないか。獅子は力が強いし呪文は知っているし、家来の猛獣も大勢いることだから。」

と言いました。しかし少年は、

「いえ、大丈夫《だいじょうぶ》。相手は獣《けもの》じゃありませんか。どうして人間に敵《かな》いましょう。」

と勇ましく申します。王様は泣きながら少年と老人とを見送りました。

少年と老人とが森へさしかかると、いろいろな獣が入れ替《か》わり立ち替わり飛びかかって来ましたが、竜からもらった鬚を打ち振ると、みんな石のように動けなくなってしまいました。二人はなんなく森を抜けて獅子のお城にやって来ました。

獅子のお城は大きな石を堆《うずたか》く積み上げた壁《かべ》と、深い堀《ほり》に囲《かこ》まれていました。堀には一本の跳ね橋があって、三頭の虎が番をしていました。少年が例の合い符を示しますと、虎は黙って跳ね橋を下ろしてくれましたので、二人はなんなく城に這入ることができました。二人はずんずん城の奥に這入って行きました。獅子は広間《ひろま》の真ん中で昼寝していましたが、二人の足音に気づいて眼を醒まし、爛《らん》々たる眼を光らせて吠《ほ》え立てました。

「何《なに》しに来た?」

「お前を殺しに来たのさ。」

と少年が答えました。

「わハハハ……。俺を殺しに来たとは面白《おもしろ》い小童《こわっぱ》だ。では俺と力較《くら》べをやろう。万一にも俺が負けたら潔《いさぎよ》く殺されてやるが、俺が勝ったら貴様《きさま》たちを頭から塩《しお》漬《づ》けにして齧《かじ》ってやる。お情《なさ》けによって貴様たちの方から先に、力を披露《ひろう》させてやるぞ。」

と、獅子は叫びました。

この時まで黙《だま》って聞いていた老人は、突然《とつぜん》右脚《あし》で大地をトンと蹴《け》りました。すると床《ゆか》が割れて深い穴が現《あらわ》れました。

「この穴の底《そこ》まで行くことができるかね？」

と、老人が獅子に向かって尋ねました。獅子は大笑いして申しました。

「俺は一足《ひとあし》で千里《り》を走ることができるのだ。こんな穴の底へ行くくらい、朝飯前《あさめしまえ》だよ。」

そして勢《いきお》いよく穴の中へ飛び込みました。

ところが一時間経《た》っても出て来ません。二時間経っても出て来ません。三時間経ってようやく出てまいりました。そして息を切らして叫びました。

「どうだ、ちゃんと底まで行って来たぞ。そして底の巨大《きょだい》な岩の上に『獅子大王此処《ここ》に到《いた》る』と書いて置いた。嘘《うそ》だと思うなら、自分で行って確《たし》かめて来い。」

すると老人は、黙って靴《くつ》を脱《ぬ》ぎ捨てて、足を獅子の鼻先《はなさき》に突き出しました。見ると親指の爪《つめ》の上に、はっきり「獅子大王此処に到る」と書いた文字が読み取られました。

獅子は怖《こわ》くなって逃げようとしましたが、足が竦《すく》んで動けません。老人は厳かに申しました。

「儂《わし》は汝《なんじ》を懲《こ》らしめるために参《まい》った地蔵菩薩《じぞうぼさつ》である。奢《おご》り昂《たか》ぶって世界を征服しようなどの非望《ひぼう》を抱《いだ》く者は、必ず罰を受けねばならぬ。汝は今後《こんご》印度に棲《す》むこと、罷《まか》り成《な》らぬ。」

それから少年に向かって言いました。

「お前は知恵も勇気も仁徳《じんとく》も兼《か》ね備《そな》えた立派《りっぱ》な男だ。永《なが》く此《こ》の国を治《おさ》めるがよい。」

次にお城の一室に閉《と》じ込められていた王女を連れ出して来て、

「汝の献身《けんしん》が人類を救《すく》ったのだ。」

と讃《たた》えました。

かくして菩薩は紫色の雲に乗り、獅子を伴《ともな》って西の方へ去って行きました。

少年と王女とは伴《つ》れ立って王城《じょう》に帰還《きかん》しました。王様は嬉し泣きに泣きました。そして国を少年に譲《ゆず》り、王女を妃《きさき》として嫁《とつ》がせました。

王と王妃とは力を合わせて遂《つい》に印度を統一し、民を労《いたわ》り御仏《みほとけ》の教えを弘《ひろ》めました。この少年こそ、今に至るまで讃仰《さんぎょう》される明君《めいくん》アショーカ王であります。

そして獅子が印度から全《まった》く姿を消したのは、実にこの時のことでありました。

昭和二〇年（一九四五年）一〇月頃作る

インダス河の哀歌《あいか》

――インダス河の河原に逝《ゆ》きし悲しき恋人たちの物語――

昔々、印度《インド》はインダス河《がわ》の畔《ほとり》に、仲の好い二つの国がありました。大きい方をクシャーナと言い、美しい王女がおりました。その名をシーターと申しました。小さい方をアラニアカスと言い、賢い王子がおりました。その名をラシュトラと申しました。

王様は互《たが》いに仲が好く、王妃《ひ》も互いに仲が好く、王子と王女も大《たい》そう仲が好うございました。王様と王妃は互いに相談して、ゆくゆくは二人を結婚させようと約束しておりました。

インダス河の川波は、幸福な月日を浮かべて夢のように流れました。いつしか王女は十五、王子は十七の春を迎えました。

しかしながらふしあわせは、人が幸福の美酒に酔い痴《し》れている間に、夜をしのぶ猫の足音よりもなおひそやかに、しのび寄って来るものでございます。

インダス河の川底に棲《す》む悪魔の王パルタガンタは、両国の幸福と友情とに限りない嫉妬《しっと》の眼を注いでおりましたが、ついに一つの奸《かん》計をめぐらしたのでございます。

一夜パルタガンタは、火の神アグニの姿を装《よそお》ってクシャーナ王の夢中に現れ、彼が日頃寵愛《ちょうあい》していた稀代《きだい》の魔剣《まけん》カーリダーサを、王に授けました。何も知らないクシャーナ王は、この剣を得て喜ぶこと限りなく、直ちに命じて死刑囚を引き出させ、七枚の鎧《よろい》と七枚の楯《たて》とを被《こうむ》らせた上、一刀のもとに両断して、その切れ味を試みたのであります。

これを伝え聞いたアラニアカス王は、一日《いちじつ》その魔剣を拝借したいと申し入れましたところ、クシャーナ王は快く承諾しました。

魔剣を受け取ったアラニアカス王の使者がインダス河を船で渡ろうとした時、河中から悪魔パルタガンタが現れて、有無《うむ》を言わせず剣を奪い取ってしまったのでございます。しかしアラニアカス王が直ちに出向いて深く詫《わ》び入りましたので、この時はひとまず無事に済《す》みました。

ところがパルタガンタはさらに悪謀をめぐらし、アラニアカス王の佩用《はいよう》していた剣の中身を、こっそりこの魔剣と入れ換《か》えておきました。

ある日両王は一緒に狩獵《しゅりょう》に行きましたが、その際藪《やぶ》から飛び出した虎を追い払おうとして、アラニアカス王が咄嗟《とっさ》に抜き払《はら》った剣身を見たクシャーナ王は、これはきっと「アラニアカス王が悪魔に奪われたと詐《いつわ》って我が剣を詐取《さしゅ》したに違いない」と考え、怒ること甚だしく、大軍を率いてアラニアカスに攻め入り、王を捕えて斬り殺しました。王妃と王子はわずかに逃れて、何処《いずこ》かに身を潜《ひそ》めてしまいました。

ここに憐れをとどめたのは、王女シーターでありました。彼女はラシュトラ王子を深く愛しておりましたが、今や我が父は、王子にとっては不倶戴天《ふぐたいてん》の仇敵《きゅうてき》となり、王子の行方《ゆくえ》は杳《よう》としてわからなくなってしまったのでございます。

あらゆる幸福は彼女の身辺《しんぺん》から去りました。父が彼女の心を慰《なぐさ》めようとして楽師《がくし》に奏《かな》でさせる妙《たえ》なる調《しら》べも、彼女の耳には悪魔の嘲笑《ちょうしょう》と聞こえ、母が彼女の思いを宥《なだ》めようとして舞い姫に舞わせる華《はな》やかな舞いも、彼女の眼には妖婆《ようば》の乱舞と映《えい》ずるのみでありました。美しい宮殿、山海の珍味も、彼女にとっては朽《く》ち果《は》てた陋屋《ろうおく》に石を枕にして寝るよりも辛《つら》く、砂を噛むよりも味気《あじけ》ないものでありました。

インダス河の川波は、悲しい月日を浮かべて夢のように流れました。しかし皮肉《ひにく》な美の女神のほほ笑みは、王女を年と共に美しくして行きました。蜜《みつ》に集まる蜂《はち》のように、あまたの青年が王女の愛をかちえんものとひしめき合いました。中の幾人《いくにん》かは、王と王妃の心にかないました。しかし王の厳かな要請にも、王妃の優しい勧誘《かんゆう》にも、王女は静かに首を振るばかりでありました。

澄み切った熱帯の満月がインダス河のさざ波に金の砂粉を撒《ま》き散らす夕《ゆう》べなど、王女はよく河原に下り立って、素足に戯《たわむ》れるさざ波のさざめきに、今はいずこに住むか恋しい人の面影《おもかげ》を慕いつつ、限りない物思いに沈むのでありました。

インダス河の川波は、悲しい月日を浮かべながら夢のように流れました。

ある年の四月八日お釈迦様の誕生日に、王女はあまたの宮女らを従えて、ある寺院に参詣《けい》致しました。

その帰るさ、王女は激しい喉《のど》の渇《かわ》きを覚えて、龍舌蘭《りゅうぜつらん》の葉蔭《かげ》に桃を売る品の善い老女の店を覗《のぞ》きました。美しい大きな桃の実を取って差し出す老女の顔に、ふと瞳《ひとみ》を止めた時、王女の額《ひたい》にサッと驚愕《きょうがく》の影が走りました。王女は言いました。

「一つ残らず買って上げましょう。王宮まで持って来てください。」

宮女たちは不思議そうに顔を見合わせましたが、桃売りの老婆はいそいそと籠を抱《かか》えて後に従いました。

王宮に帰って人を退けた後、王女と老婆とは静かに向かい合って坐りました。

「久しぶりでございます。お元気のご様子《ようす》に安心致しました。」

王女は静かな声で申しました。

「恥ずかしい所をお目にかけました。こうしてでも生きて行かねばならぬ身の果《は》てを憐れと思し召しください。」

と、老女かつてのアラニアカス王妃は申しました。

「ラシュトラ様は如何《いかが》おいで遊ばしますか？」

こう言った時、王女の美しい頬《ほほ》に仄《ほの》かに紅《くれない》が昇《のぼ》りました。

「あの子も可哀《かあい》そうに。今は漁《すなど》り人に身《み》を窶《やつ》して、私を養ってくれております。」

いつまでも尽きせぬ物語りでした。夕闇《やみ》さして後、老女はやっと帰途に着きました。淋しげなその後《うしろ》姿が夕靄《もや》の中に消えてしまうまで、王女はじっと見送っておりました。

この事があって以来、王女は時々、心利《き》いた乳母《うば》を伴《つ》れて、お寺詣りに行くようになりました。淋しかったその顔に、時折波のような微笑が漂《ただよ》い紅《くれない》のさしのぼることがあるようになりました。王と王妃とは、御《み》仏の功徳《くどく》に違いないと喜び合いました。

しかし申すまでもなく、王女の行く先はお寺ではなくて、陋巷《ろうこう》に世をしのぶかつてのアラニアカス王妃とその子の元でありました。

幼かった頃の楽しい夢はふたたび現実となりました。王女シーターとラシュトラとの愛情は旧に倍して燃えさかりました。

インダス河の川波は、二人の幸福を浮かべ月日を浮かべて夢のように流れました。


しかしながら皮肉な運命の女神は、またしても恋人たちに、つれなくも背を向けてしまったのでございます。

一日《いちじつ》、王女の父王は、狩猟の途次《とじ》、何者かに襲われて危うく一命を失う所でありました。幸い家来たちが身を以て防ぎ、曲者《くせもの》に傷を負わせましたが、ついに取り逃がしてしまいました。そんなことがあった翌日、王女はいつものように愛する人の陋屋《ろうおく》を訪ねました。

家には母なる人ばかりがおり、ラシュトラは何処《どこ》かに外出しておりました。夜になってラシュトラは、人目をしのぶ人のようにこっそりと帰ってまいりましたが、髪や衣は血にまみれ、肩には深い傷を負うておりました。

その姿を見た時の王女の驚きと悲しみは如何《いか》ばかりであったでしょう。それまで彼女はラシュトラが、全く復讐を断念しているものと信じていたのです。

しかしそれは甘い女の考えでありました。恋は恋、仇は仇、まことにラシュトラは男でありました。

王宮に帰った王女は床《とこ》の上に輾転《てんてん》して泣き悲しみました。彼女が命よりも貴い父、彼女が命よりも愛する人は、倶《とも》に天を戴かぬ仇敵でありました。

王女は眼に見えぬ糸に手繰《たぐ》り寄せられるように、王宮を出てインダス河の河原に下り立ちました。月光に乱れ散る大インダスのさざ波は、永遠の音楽を奏でておりました。その調べに合わせて、王女の悲しい歌声は遠く遠く川面《かわも》を渡って行きました。

月光溢るるインダスの流れ
おお、御身《おんみ》こそとことわに
永世《えいせい》の国インドの父

さらば聞き給え　いましの子が
涙と共に唱《うた》うなる
苦しき胸の調べをば

あわれ　柔肌《にぎはだ》の乙女と生《あ》れし我が身よ
何《な》ど荒き風に堪《た》えめと
我が庭に咲き匂う異花《ことはな》のごと
父母《ちちはは》は　我れを愛《め》でつ　しかはあれど
我が胸の血潮　紅《くれない》
曙《あけぼの》の天《そら》立ち匂う東雲《しののめ》のごと
奇《くす》しきや　恋の想いの
立ち初《そ》めし　その時ゆ
大いなる嵐襲えり

水よりも清きなさけは
死もついに奪うべからず
劫火《ごうか》も焼くことを得じ
嵐　など恐るべきやは…………と
　詩人《うたびと》は　かくこそうたえ
　されど　君　知らずや見ずや
ちちのみの父の命《みこと》
玉の剣の刃の上に身を横たえておわします
誰《た》ぞ　その剣執《と》る者は
憎みてもなおあまりある　その仇はやと
我が胸の双なる乳房

その下に　紫の焔燻《ほのおくすぶ》る
あゝ　その焔紫の
焼き尽くすべき　その人はや

あゝ我れははや　如何にせむ

父なる流れよ
インダスの流れよ
　迷える君が子羊の蹄《ひずめ》の行く手教えてよ
おお　御身こそとことわに
　悩める子等の父なるに

唱い了《お》えて王女はほっと吐息《といき》をつきました。その時です。

満天に輝く星座が一時《いちじ》に声を発したかのように、王女の耳に何者かの囁《ささや》きがはっきりと聞こえました。

「王女よ。汝《なんじ》の身を捨てよ。汝の父の盾《たて》となり、汝の恋人の剣に汝の白き胸を刺し貫け。」

王女は天を打ち仰ぎました。澄み渡った熱帯の夜の大空は、大きな水晶の玉のように見えました。その中に浮かぶ無数の星屑は、明らかに王女に物語っておりました。

「疑うな。まっしぐらに進め。勇ましく。」

王女のほの青い額に強い決意の色が浮かびました。王女は身を翻《ひるがえ》すと、力強く河原の砂を踏みしめて歩み出しました。その背後に無心のインダス河は、なおも夜の調べを唱い続けておりました。

翌日王女は晴れ晴れとした顔をして、ラシュトラの家を訪ねました。王女はラシュトラにこう申しました。

「あなたに対する私の愛が、父に対する私の愛に勝ちました。父は毎月十五夜の晩にたった一人で王宮を出て、インダス河の辺《ほと》りを散歩することに決めています。あなたはその時待ち伏せて、父を打ち果《は》たしておしまいなさいませ。」

ラシュトラは王女の手を押し頂いて、感謝の涙に昏《く》れました。

王女は更に語《ご》を継《つ》いで、

「その時父は、いつも茨《いばら》の冠をかむり、紫の布を被むり、黒い靴を履いています。間違いのないようになさいませ。」

と告げました。

やがて十五夜の晩はやって来ました。ラシュトラは、父が譲りの魔剣を腰に、身支度を調《ととの》えて出かけました。

その夜も実に美しい月夜でした。河原には川波の声にまじって虫の音《ね》がかごとがましく聞こえていました。ラシュトラは躍る胸を抑《おさ》えて月見草の咲く草むらに身を潜《ひそ》めました。

王宮の方から誰かがやって来ます。近付くにつれてその姿ははっきりとしてきました。

頭には茨の冠をかむり、身を寛《ゆる》やかな紫の布で覆い、黒い靴を履いている姿は、顔こそ見えませんが明らかに我が父の仇クシャーナ王に相違ありません。

ラシュトラは物も言わず飛び出しました。次の瞬間パルタガンタの魔剣は、柄《つか》まで血にまみれて王の胸を刺し貫き、王は声もなくラシュトラの足元に倒れました。

十年の辛苦は一瞬にして報いられました。ラシュトラは躰《からだ》中の力が抜けて行くのを感じましたが、気力を揮《ふる》って、倒れている王の紫衣を剥《は》ぎました。

ああ、この時のラシュトラの恐愕《きょうがく》は如何ばかりであったでしょう。血に染《そ》んで殪《たお》れたその人は、父の仇なるクシャーナ王にはあらずして、実に彼が最愛の美姫シーターでありました。彼が渾身《こんしん》の力をこめて刺し貫いたパルタガンタの魔剣は、無残《むざん》や王女が清らけき左の乳房につき立って、断末魔《だんまつま》の心臓の鼓動《こどう》と共になお生けるが如く慄《ふる》え戦《おのの》き、傷口よりほとばしる鮮血は、潺々《せんせん》として河原の砂を紅《くれない》に染めておりました。

ラシュトラの頭の中は真っ暗になりました。目の前を赤や黄の星が花火のように飛びました。

が、やがて彼は我れに還《かえ》りました。彼の頭脳は水晶よりも透明になり、インダス河の水より冴《さ》え渡りました。

「父を恨まないで下さい。私は父を愛しています。そして父よりもなおあなたを愛しています。」

恋人の声は彼の耳朶《じだ》にはっきりと聞こえました。

「わかったよ、シーター。私はもうお前のお父さんを恨んではいない。けれども私はお前なしには生きていることができない。」

ラシュトラは心の中にかく絶叫すると、恋人の胸から魔剣を引き抜き、返す剣に我と我が胸を刺して、恋人の骸《むくろ》の上に倒れました。

インダス河のさざ波は、悲しい恋の終わりも知らぬ気《げ》に、無心の歌を奏で続けておりました。満天の星は声もなく瞬《またた》き、夜露は二人の骸《むくろ》をしっとりと濡らしました。

十五夜の月の高く昇るにつれ、虫の音《ね》の繁《しげ》くなりゆくにつれて、熱帯の夜は深々《しんしん》と更《ふ》け渡って行くのでありました。

昭和二一年（一九四六年）一〇月頃作る

貧乏《びんぼう》なお姫様

昔々ある所に、百合姫《ゆりひめ》というたいそう貧乏なお姫様がおりました。毎日の御飯《ごはん》に困るというほどではありませんでしたが、着物も靴も一揃《ひとそろ》いしかなくて、所々に継ぎが当ててありました。指輪や簪《かんざし》や首飾りなどは、一つも持っておりませんでした。

なぜこんなに貧乏になったかというと、小さい時、王様の大勢《おおぜい》のお妃《きさき》様たちの一人だったお母さんが亡くなってからというもの、他のお妃様は自分の子供ばかり可愛がって、百合姫の面倒《めんどう》を少しも見てくださらなかったからです。それに、お姫様は優《やさ》しい方《かた》で、着物や指輪や簪や首飾りなどを、みんなお金に替《か》えて貧しい人に施してしまいになり、後には何《なん》にも残らなかったのです。

けれども、お姫様は形振《なりふ》りにはちょっともかまわずに、生まれた時から傅《かしず》いて来た乳母《うば》と一緒《いっしょ》に、仲好く暮らしていらっしゃいました。

ある年、王様たちよりももっと偉い皇帝陛下《こうていへいか》の長男のお子様、つまり皇太子殿下《こうたいしでんか》が、お妃様を選ぶために、全国の王女様方を宮中にお招きになりました。

百合姫のお姉さん方《がた》や妹さん方は、みんな素晴《すば》らしく着飾って、自分こそ皇太子の妃になるのだと、喜び勇んで出かけました。けれど百合姫には、継ぎの当たった着物一つきりしかありませんでしたので、行くわけには参りませんでした。乳母がそれを悲しがると、百合姫はにこにこして、

「私は皇太子様のお妃になろうなんて少しも思いません。それよか、お前と一緒にいつまでも仲好く暮らしていたいのよ。」

と、おっしゃいました。

けれども、乳母はどうしても残念でたまりません。それで自分の髪の毛を売って着物に替え、百合姫に着せて上げました。それで百合姫も宮中へ参ることができました。

さて、宮中では毎日毎日盛んな饗宴が催されました。集まった王女様たちは、毎日毎日衣裳を替え、負けず劣らずのきらびやかな姿をして出席いたしました。

しかし百合姫は、乳母がくれた一枚よりほかにはありませんでしたので、毎日同じ着物で出席しました。皇太子様はそれに気付いて、不思議なことだとお思いになりました。

ある日皇太子様は、宴が果てた後、王女様たちに、

「綺麗だけれど花ではなく、甘いけれどもお菓子ではなく、酔うけれども酒ではなく、囀《さえず》るけれど鳥ではなく、一枚一枚皮を剥いでいくと、しまいに何もなくなってしまうが、キャベツや辣韮《らっきょう》や玉葱《たまねぎ》や百合根でもない。思うけれども考えない。耳はあるが聞こえない。人から人の手に売られ、売り手が買い手にお金をやるものは何だろう?

明日までに考えていらっしゃい。」

と、申されました。

さあ、いよいよお妃選びのメンタルテストだというので、王女様たちは、銘々《めいめい》御自分の部屋に帰って一生懸命考えます。

百合姫も一生懸命考えましたが、さっぱり見当がつきません。そこへ乳母がやってきて、

「何を考えていらっしゃるのですか?」

と、尋ねました。百合姫がわけを話すと、乳母は笑って、

「それは『女』ですよ。女は男を酔わせます。男から見れば甘くて綺麗です。鳥のようにぺちゃぺちゃ囀《さえず》ります。美しい着物を着てめかしたてますが、一枚一枚剥いでいけば、後に残るものは何もありません。憎い可愛い嫉《ねた》ましいなどと思う心はありますが、頭で物事を筋道立てて考えようとはいたしません。耳はありますが、聖人の尊い教えは耳に入りません。結婚するのは親から夫の手へ売られるようなもので、お支度はみんな親の方がします。中には領地や持参金を持っていく人もあります。」

と、申しました。

翌日、皇太子は王女様たちを集めて、昨日の問いのわかった人はいませんかと尋ねましたが、みんな石のように黙っていました。皇太子は王女たちを見渡しました。すると、

隅っこの方でにこにこしている百合姫を見つけました。

「あなたは知ってそうですね。」

と、皇太子が言いました。

「ええ、大体わかったような気がいたします。」

と、百合姫は答えました。

「それでは、何だとお思いですか?」

「女ですわ。」

「なるほど。ではどうしてですか?」

「女は男を酔わせるものです。男から見れば甘くて綺麗です。鳥のようにペチャクチャと囀ります。」

と、百合姫は乳母に教えられたとおりに答えました。

「それから綺麗な着物を着てめかしていますが、一枚一枚剥いでいけば、後には何も残りません。憎い可愛い嫉ましいとは思うけれど、物事を順序立てて正しく考えることができません。耳はあるけれど、聖人の尊い教えは聞こえません。結婚するのは売られるのと同じで、お支度は親の負担です。多くは領地や持参金を持っていきます。」

「なるほど、その通りですね。しかしあなた御自身は、そのお答えの後の部分には当てはまりませんね。そんなによくわかっていて、何故さっき返事をなさらなかったのですか？」

「これは私が考えついたのではありません。私の乳母が教えてくれたのですから。」

百合姫がこう答えますと、皇太子はすっかり感心して言いました。

「あなたは実に正直な方です。どうか私の妃になって下さい。」

そして代々皇太子の妃に与えられてきた指輪を、変わらぬ愛のしるしとして百合姫に与えました。


こうして皇太子と百合姫は、めでたく結婚いたしました。ほかの王女様たちは泣く泣く家に帰りました。百合姫は本当に幸福でありました。皇太子と百合姫は大層仲が好かったからです。

ところが、百合姫の姉さんや妹さんたちは口惜《くや》しくてたまりませんでした。そこで一年たってから、百合姫の結婚記念日のお祝いをするからと言って百合姫を呼び寄せ盛大な御馳走でもてなしましたが、デザートの中にこっそり眠り薬を入れておきました。そして百合姫が三日間眠っている間に、その指から指輪を抜き取って隠《かく》してしまいました。

百合姫は目が覚めてびっくりして、姉さんや妹さんたちに尋ねましたが、みんないかにも気の毒そうな顔はしましたが元《もと》より教えてくれるはずもありません。

百合姫はしかたなく皇太子の宮殿に帰って、皇太子にこのことを話しました。皇太子は愛する百合姫が三日も帰ってこないので、心配でイライラしている所へこの話を聞いたので、つい心にもなく、

「大事な指輪を失《な》くしたということは、どんな理由があるにしろ、私を思う心が足りないからだ。そんな女を妃にしておくわけにはいかない。」

と、怒鳴りました。

責任を感じていた百合姫は、すごすごと部屋に帰ると、乳母をつれて宮殿を出て行ってしまいました。

翌日気がついた皇太子は、家来たちに、二人を探して連れ帰るように命じましたが、国中探し廻っても見つかりませんでした。

というのは、昔百合姫が姉さんや妹さんにいじめられて落ちこんだ時に、地図にも載《の》っていない離れ小島に二人で行ってのんびり遊んだことを思い出し、その島に行っていたからです。

島で休んでいると島の子供達がワイワイ喋《しゃべ》りながらやってきました。見ると彼等は、一匹の大きな蛸《たこ》を縄でしばってつるしています。蛸は悲しそうに泣いていました。百合姫は気の毒に思って、子供達から蛸を買いとって逃がしてやりました。蛸は喜んで、お礼に黒い瓶と白い瓶を百合姫にくれて申しました。

「これは私の墨から作った薬です。黒い方を飲みますと、どんなに色の白い人でも真《ま》っ黒な肌になってしまいます。しかし白い方を飲みますと、又元通りの肌になります。お礼のしるしにどうぞお受け取り下さい。」

百合姫は快く受け取りました。

またある日、林の中で一匹の猿が蛇に巻かれて苦しんでいました。百合姫は拾った棒切れで蛇の頭をたたいたので、蛇は命からがら逃げていきました。

猿は大喜びで何度も何度も百合姫にお辞儀しました。そして、

「あなたのようなお姫様が、どうして二人ぼっちで歩いていらっしゃるのですか?」

と、尋ねました。百合姫がわけを話しますと、

「それはお気の毒です。では私が善いものを差し上げましょう。」

と言って、木の洞《うつろ》から緑色の甘《うま》そうなお酒を壷に汲んでまいりまして、

「これは恋の美酒《うまざけ》と申すものです。まだクビド（キューピット）がプシケと結婚していなかった気楽な時分、私の所へよく遊びに来て作り方を教えてくれたのです。

柿や栗やどんぐりの実に蜂蜜を混ぜて木の洞に入れておき、七、七、四十九日経ってから馬鹿貝の殻に移し、薔薇《ばら》を薪木にして煮立てると出来上るのです。

あなたがこれを半分飲み、残りの半分を皇太子様にお飲ませなさい。そうすると皇太子様はまたあなたを好きになります。しかしお酒の効《き》き目は一日だけですから、次の日にもし愛してくれなければ諦《あきら》めるより仕方ありません。でも皇太子様はきっとあなたを、前よりも愛して下さるに違いありません。」

と、申しました。

そこで百合姫は乳母と相談して一計を案じ、蛸にもらった薬を飲んで体も顔も真っ黒になり、猿を伴《つ》れて猿廻しに身を窶《やつ》し、宮殿へと向かいました。

一方、お妃を失った皇太子は、すっかり悲観して、

「ああ、僕は何と愚かなことを言ってしまったのだろう。もう一度百合姫に会えたとしても、もう彼女は僕を愛してはくれないだろう。」

と、塞《ふさ》ぎこんでばかりおいでになりました。皇帝と皇后は大変心配遊ばして、何か皇太子を慰めるものはないかと探しておいでになりました。すると近くに体も顔も真っ黒な猿

廻しがいて、大層おもしろい芸を見せるという話をお伝え聞きになりましたので、早速宮殿へお召しになりました。

猿は皇太子の前で色々な芸をやり始めましたが、やがて何を思ったか皇太子に飛びかかり帽子を奪って逃げ出しました。皇太子は怒って追いかけましたが、猿はなかなか敏捷《びんしょう》で容易には追いつけず、皇太子の方がヘトヘトになってしまいました。そして息をきらして、

「水をくれ!! 水を!!」

と、叫びました。

猿廻しはかねて用意の恋の美酒を、器に並々《なみ》と盛って差し出しました。皇太子は一気に飲み干しましたが、途端にその猿廻しの女が、好きで好きでたまらなくなりました。それでいきなり猿廻しの手を取って

「どうか私の妃になってくれ。」

と、申しました。

驚いた皇帝や皇后が、止めようとしますが承知しません。

「もしこの人を妃にできないのなら、いっそ死んでしまう。」

と、言い張るのです。皇帝と皇后が改めて猿廻しの顔をよく見ると、顔立ちが整っていて気のせいか百合姫と瓜二つです。そこで、皇太子の訴えを聞き入れることに致しました。


やがて結婚式の日がやって来ました。招かれた人達は、どんなに美しい妃であろうかと楽しみにやって来ましたが、遠くから真っ黒な顔を見るとお祝いの言葉も喉《のど》に閊《つか》えてしまいました。それなのに皇帝も皇后も、勿論《もちろん》皇太子も、大層満足気《げ》なのを不思議に思いました。百合姫の姉さんや妹さん達も、招待を受けてやって来ましたが、この様子を見ると心の中でよい気味だと思いました。

結婚式が終わりいよいよ饗宴になりましたが、その時花嫁はベールで顔を覆って着席しましたので、人々はさすがに恥ずかしいのであろうと考えたのでした。

ところが花嫁は、宴半《なか》ばに突然ベールをサッと脱ぎました。人々はどんなに驚いたことでしょう。そこには、輝くばかりに美しい、昔のままの百合姫が微笑《ほほえ》んでおりました。饗宴に招かれた多くの人々は、百合姫が追放されたのを残念に思っていたので、一斉に歓呼を挙げました。

しかし口惜《くや》しくてたまらぬ人達もおりました。言うまでもなく、百合姫の姉さん達と妹さん達でした。彼女達の顔は、嫉妬のあまり紫色に変わった程でありました。宴が終わって後舞踏会に移りましたが、嫉妬に目がくらんだ姉妹達は、自棄《やけ》になって踊り抜き、とうとう脚が床《ゆか》にささって大怪我《けが》をし、一月余り床《とこ》につかなければなりませんでした。

皇太子と百合姫、それから乳母とお猿さんとは、皇太子と百合姫が皇帝と皇后になってからも、いつまでもいつまでも仲良く幸福に暮《く》らしました。しかし二人は、あまり仲が好すぎて時々喧嘩《けんか》することもありました。そんなとき――そして喧嘩の原因は大抵《たいてい》夫の我儘《わがまま》にあるのですが――百合姫は夫の食事の中に、黒い薬をほんの少し入れておきます。知らないで食べた夫が真っ黒になって謝《あやま》りますと、百合姫は笑いながら白い薬を飲ませてあげます。すると抜け目のないお猿さんは、玉の杯《さかずき》に恋の美酒を並々と盛って差し出すのでありました。

さあ、あれから何年ぐらい経ちましたかしら。ことによると二人も乳母もお猿さんも、今なおどこかで生きているかもしれません。

昭和二〇年（一九四五年）一一月頃作る

沢登《さわのぼり》　佳人《よしと》

1927年　横須賀市生まれ。

1930年　佐渡市相川で記憶が生まれる。

1952年　京都大学法学部（旧制）卒業。

以後、名古屋大学助手、中京大学、山梨学院大学、新潟大学、白鴎大学、各教授を歴任。

1972年以来新潟市に在住。

現在、新潟大学名誉教授。

本書各編は1943～1946年に岐阜市で執筆。

よしと童話集

2015年2月18日発行

著　者　沢　登　佳　人

発行者　柳　本　和　貴

発行所　㈱考古堂書店
〒951－8063
新潟市中央区古町通4番町563番地
☎025－229－4058（出版部直）

印刷所　㈱ウィザップ

ISBN978-4-87499-827-4 C0093